JA

敵は海賊・短篇版

神林長平

早川書房

6516

目次

敵は海賊・短篇版

敵は海賊

広域宇宙警察が動くと風評が立つ。とくに宇宙海賊課刑事が活躍したあとには。冷酷、残忍、人でなし——とおれはよくいわれた。海賊からではない、善良な市民に、だ。問答無用で撃ち殺す宇宙の処刑屋、それがおれたち海賊課刑事に対して一般人が抱いているイメージだろう。おそらく、それは正しい。

海賊課刑事になる、などと幼い子供がいったとしよう、母親はなんてこたえると思う？

たぶん、こうだ、「それだけはやめなさい」

どうせなるなら海賊のほうがましよ——とまでいうかどうかはわからないが、おれ自身はときどきそんな気持ちになる。とにかくやることが海賊なみだったから、みんなが毛嫌いするのももっともだ。海賊とおれとの違いは、と考えると、さほど相違点がないんだな、これが。そうでなければ海賊退治なんかできっこない。この宇宙は二つの大きな非生産的不経済組織——つまり海賊と、広域宇宙警察——をかかえていることになる。どちらかといえば海賊のほうがましかもしれない。彼らの掌握するブラックマーケットはでかい。だからいっそ海賊を公認してしまえという声も聞かれるが、おれはこうした声は断じて許せない。おれの仕事がなくなっちまう。こういう声にはストライキなどという甘い手段で対抗はしない、海賊に転向してそんな口を利くやつらに思い知らせてやる——もちろん冗談さ。冗談には冗談でやり返すのがいちばんだよ。

おれの知っている人間のなかでもっとも冗談のうまい者といえば、それはもちろん、おれの直属上司、海賊課のボス、チーフ・バスターだ。

とくに今朝の冗談はきつかった。非番のおれを呼び出しておいて、いうことがこうだ、

「ラテル、特別休暇をやる。火星連邦ラカート州アモルマトレイ市へ行ってデートをしてこい。相手はこの娘だ」

おれは写真《ホロ》をとった。「なんだか、美術成形医が喜びそうな顔だな」

「わたしはそうは思わん。ラテル、おまえ、ゲテモノばかり相手にしているから、まともな人間の女の顔を忘れてしまったのだろう。見てみろ、横顔なんか——」チーフ・バスターはおれの手のホロをひねった。フム、とおれは思った。角度を変えて見ると、親しみやすい顔だな。少なくとも犯罪者タイプではない。「な、そうだろう？　なつかしい感じの乙女ではないか。どこかで見たような」

「では、さっそく――」

「まあ、待て、デート代をやる」

特別休暇なんて噓っぱちだ。れっきとした特別任務じゃないか。

「頼む、ラテル」とチーフはおれのジャケットの端をひっつかんで引きもどすと、いった。

「デートしながら彼女の悩みをきいてやってくれ。おまえが適役なんだ」

「チーフと彼女とはどんな関係なんです？」

「わたしの家内のまたいとこの旦那の弟が、火星ラカート宇宙港の空港警察官をやっていてな、彼がたまたまラカートの連邦警察署に用があって出向いたところ、そこに彼女がいて――」

「ぜんぜん関係ないじゃないですか」

「失踪した自分の叔父を捜してくれといっていたらしいが連邦警察は相手にしなかった。かわいそうに思った、わたしの家内のまたいとこの――その彼がだな、親戚に広域宇宙警察刑事がいるからと、まあ、こういうわけだ」

「海賊とも関係ない。なんてこった」

「だから休暇だといったろう。ただし、特別の。なあ、ラテル、わが海賊課の悪評は知っているだろう、これが可憐な乙女を助けてみろ――」

冗談もここまでくると深刻だ。

「チーフ、うちの課はそんなに暇ではないと思うんですがね」

「まったく忙しい。暇な者以外は」

「それじゃあまるで、おれは暇をもてあましている無能な刑事のようにきこえますが」

「へえ」とチーフはびっくりした。「いつから心を読めるようになった、ラテル。――冗談だよ。デートの相手にはおまえがよかろうと思ってな。おまえなら海賊に間違えられることもなかろうし、女に警戒心をおこさせるほどの、わっと驚くいい男でもない。うん、実に適役。われながらいい人選」

で、おれは火星ラカート宇宙港にきたというわけだ。民間機で。恥ずかしいったらありゃしない、太いガンベルトをしめて、大出力のレイガンを下げて、デートだって？

左腕には海賊課刑事の身分証ともいえるブレスレット。おれたちが嫌われる原因のひとつがこのブレスレットだろう。こいつは宇宙中のたいていのコンピュータといつでも接触し、割り込んで、おれが必要とするどんな情報でも引き出すという能力がある。人はこのブレスレットをいろいろな思いをこめて、横取り装置《インターセプター》と呼ぶ。悪用すれば全宇宙を支配できるかもしれない。しかしためす気にはなれない。同僚刑事たちや広域宇宙警察の全組織機構を敵にまわす度胸はおれにはない。他の刑事だって同じ気持ちだろう。宇宙警察の全員が同時に海賊に転向するとなれば別だが、それでは分け前が少なくなってしまい、絶対にうまくいかないだろう。この世はまったく微妙なバランスの上に成り立っているものだ。

それからチーフ・バスターは親切にも相棒をつけてくれた。親切というより、おれに恨みでもあるのではなかろうか。黒い大型の宇宙猫がぶすっとした目でおれを見上げる。

「早く行こうぜ、ラテル」

「ネコのくせにしゃべるな」猫ではないのだ、れっきとした宇宙人なのだ、同僚刑事なのだ、しかしどう見ても猫は猫だ、頭がおかしくなる。「わかってるよ、わかってる、行くよ、くそ、休暇なんだ、せいぜい楽しもう。いいか、アプロ、おれがかわいい娘と話しているときは黙っているんだぞ、間違ってもこないだみたいに、この牝と交尾するのか、などというんじゃないぞ」

やめた。でないと心を凍結させせられてしまう。アプロは人間の心をコントロールすることができる。コントロールというよりは、現在の心境を固定してしまうんだ。怒っているとき凍結させせられると、アプロが解凍するまでずっと怒った気分がつづく。これはおそろしい力だ。実際、怒りつづけたストレスで死んだ海賊もいる。アプロに殺されたわけだ。感情だけではない、なにかを決心したときにその心を凍結させせられると、どんな外乱をうけても決意が揺らぐことがなくなる。死にたい、などと思った瞬間に凍結させせられたら事だ、確実に自殺させせられる。悲観的な人間にとってアプロの存在は脅威だ。アプロにはしかし人間の心は直接読めないから、それがせめてもの救いだが——表情を読むのはうまい。

「実に楽しい気分」ターミナルビル内の近距離路線ブロックにある空港警察第三区域署に

向かう。

「いい気分だぞ」

「凍結してやろうか」

「いやな気分。お先まっくら、やめてくれ」

人込みのなかを歩くと、人人はおれたちをよける。まるで汚らわしいものをさけるように。ばかでかいガンと、ちょいと物知りで目のいい人間ならおれの腕のブレスレットを見て、おれが海賊課刑事と知れるからだ。できるだけ目立たない格好できたかったのだが――制服なんかない――レイガンはどうにも隠しようがない。レイガンが嫌なら青龍刀でも持っていけとチーフにいわれてはしかたがない。じゃあそうします、などといってみろ、いまごろおれはどんな顔をして歩いていることか。いずれにせよ可憐な乙女の相手をする格好ではない。これでは普段の仕事とかわらない。休暇だと思ってるのに。おもしろくない。こんなことなら楽しい気分のときにアプロに心を凍結してもらえばよかった。

空港第三区域署はティールームのようだった。市民に親しまれるべく、涙ぐましい努力をしているように感じられた。スモークド・グラスの扉の向こうにはテーブルを囲んで談笑している男女が――おれはもう一度上を見る。ここは「空港警察署」という名の喫茶店かな。

「ホロ・グラスだよ、ラテル」アプロが前に出た。自動ドアがひらく。「ね。警察なんて、どこも殺風景なものさ」

　ほんと。中は広い。ガラクタの置き場になっているような机が七、八脚、壁に空港図があって、無数のランプ類がまたたいている。あっちで迷子らしいガキが泣きわめいているかと思えば、こっちでは映話の前の男が、静かにさせろ、聞こえん、などとどなっている。騒然、滅裂、分裂的に華やかな雰囲気だ。殺風景とはいえない。

「なにか？」いちばん近いデスクの女が疲れた笑顔でいった。「ああ、海賊課の？」

「海賊に襲われたあとのようですね、ここは」

「なにしろ忙しくて。サーク警部、広域宇宙警察の——」

　映話の前の男が映話に向かってばかやろうとどなって映話を切り、こちらを向くと、にっと笑った。おれは即刻帰りたくなった。

「笑顔を返したほうがいいぞ、ラテル」アプロが笑う。「親睦第一だよ」

　笑う猫の顔の気持ちの悪いのなんの。

　アプロに笑い負けしたサーク警部は目をそらすと、「カートライトさん」と呼んだ。小さな女の子を抱いた、写真のとおりの娘がやってきた。泣き声の発生源はいまは沈黙している。

「ラウル刑事にアプロ刑事ですな？　わたしはサーク警部」

「うちのボスからよくきいていますよ、警部」

「そいつはどうも」サーク警部は手を差し出した。大きな手だ。アプロも握手した。小さな手だが人間と同じくらいに器用だ。「よろしく。えー、こちらがカートライト嬢」

「もっと格好いい刑事さんかと思ったのに。なによ、そのネコ、口が利けるの？」

「なめるなよ、海賊課を」アプロはすぐ熱くなる。「だいたい今度のことはこの娘のいかれた頭を撃ち抜けばそれでケリがつくんだ、なにが親睦だ、ボスの気が知れん」

おれはあわててアプロを抱き上げて口をふさいだ。

「失敬。ほんの、その、こいつ、腹がへってるんで、本気じゃないんだ」

娘は、わっと泣き出した。と思ったが、泣き出したのは抱かれた女の子のほうだった。女性警官が女の子を抱きとって、あやしはじめる。やはり迷子らしい。

「申し訳ない――せっかくきてくれた刑事さんに失礼なことをいっては、わたしの立場も考えてもらいたいな」

娘は肩をすくめた。「ごめんなさい。わたし、旅育ちだから、まともな口の利き方を習わなかったのよね」

「ではいってきます、警部。さあ、行こうか、カートライトさん」

「どこへ？」

「あなたが歩いた道順をもう一度たどってみましょう。話は道道ききます」

サーク警部はほっとしたように、よろしくといった。

ターミナルビル内のレンタカー・センターで借りたヘリカーがあると、娘は駐車場に案内した。アモルマトレイ市までは二百キロほどある。のんびり飛んで一時間ってところだ。ヘリカーに乗り込んで、まず自動誘導装置を切る。このシステムは一般人には解除できない。おれの腕のブレスレットが交通管制センターと交信し、自動誘導を解くように働きかけたから、できたんだ。手動にしておいて、いきなり発進させる。誘導の順番を待っていたらいつ空へ上がれるかわかったものじゃない。最近は交通渋滞がひどくてね。

順序よく発着するヘリカー群を、ひらりひらりとかわして上空へ出る。そこで針路をアモルマトレイにセット、オートに切り換えた。

「ヘリカーがこんなにスリリングな乗物だとは思わなかったわ。素敵ねえ。海賊課って、なんでもできるのね。わたし、名まえはフリーダ。よろしくね、海賊課さん」

海賊課さん、なんて呼ばれたのは初めてだ。

「おれは」せきばらいをして、「広域宇宙警察・太陽圏・火星ダイモス基地の宇宙海賊課・一級刑事、ラウル・ラテル・サトル。こっちは」と目でさして、そっけなく、「アプロ」

アプロは本名のフルネームを、母星・母国・母族語でいったが、ピチャピチャという音にしかきこえない。「どうしておれだけ、ペットみたいな名前なんだよ、ラテル、差別だ、なんだい、自分ばかり――」

「えーと、さて、話をききましょうか、フリーダ、叔父さんを捜しているとか」

「ええ」フリーダの表情が暗くなる。「わたし、ひとりぼっちになってしまった」

フリーダの一族は宇宙をさすらう宇宙キャラバンだった。彼女は宇宙船内で生まれ、育った。さほど珍しい身の上話じゃない。しかし海賊に襲われたとなれば、聞き流すわけにはいかない。おれは責められているような気がしてきた。

「わかるよ、わかる」おれの両親も宇宙海賊に殺されたんだ。「かわいそうに」

「二年ちょっと前よ、あたしが十九のとき」

「十九だって？」フリーダを見る。「いまでも十九には見えないけどな」

「火星年じゃない、地球年でだよ、なあ？」とアプロ。

「いえ、太陽圏標準年で」

「同じことだ、どうしておれに逆らうんだよ」

「まあ、まあ、おちつけよ、アプロ」おれはアプロのヒゲをちょいと引っぱって黙らせる。

「わたしと叔父のほかはみんな殺されたわ。逃げ出せたのは奇跡よ」

「まったくだ」とアプロ。「海賊は目撃者をあとに残さないからな」

だから迷宮入りの事件もいくつかある。フリーダの叔父の失踪は、過去の海賊襲撃事件と無関係ではないかもしれない。

「それで、かろうじて海賊の追跡をふりきって、アモルマトレイ市の北ラベリント区に住みついたの。偽名をつかって。海賊に見つかれば、目撃者だもの、消されると思って。警察なんか頼りにならないものね。――ごめんなさい、その――」

「かまうもんか。海賊課なんかなおさら頼りにならんぞ、処刑屋であって、ガードマンじゃない」

「叔父さんの名まえは？」

「マイク。アモルマトレイではマイク＝カートライトという名よ。一火星年近く暮らしたんだけど、わたしはどうも地上の暮らしというのがなじめなくて、家出したんだけど、やっぱりひとりでは寂しくて。一か月しかつづかなくて――帰ってきたの、きのう。だけど――」

「叔父さんはきみなんか待ってやしなかったというわけだ」アプロは意地悪くいった。

「海賊に見つかって消されたのかもな。アモルマトレイ市警の死体置場は見てきたか？」

「どこにもいないの。どこにも。叔父を知っていそうな人たちを訪ねて歩いたんだけど、おかしいのよね、行方を知らないって。おかしいといえば、アパートの管理人よ、そう、一か月前と同じ管理人夫婦よ、もちろん。人の好い夫婦なんだけど――叔父を知らないって。どこへ行ったのかって訊いたら、『なにをいってるの、あなたは独り暮らしだったじゃない、叔父さんってだれ？』だって。こんなばかな話ってある？」

「ある、ある、おまえの頭がいかれたんだ。しゃべり方でわかる」

「だまれ、いかれネコ。──つまり、街中の人間がきみの叔父さんを共同で消してしまったというわけだ。それで、アモルマトレイ市警は？　どうして捜査しなかったんだろう。市警も仲間なのかな」

「市に入ってこなかった人間なんだから、いるわけがないって、相手にしてもらえなかったわ」

「どういう意味？」

「アモルマトレイは昔風の街なのよね、市の出入口で市入出者をチェックするの。くわしくはわかんないけど、出入りする人間を自動的に識別して記憶する機械があるらしいわ。そのファイルの内に、叔父の名まえはないっていうのよ。わたしといっしょに叔父はあの街へ入った、そう主張してもだめだった」

「入った年月日は？」アプロは首輪に触れた。おれのブレスレットと同じやつだ。海賊課刑事のもつインターセプター。「マイク＝カートライトの名で市内に入ったといったな？」

アプロは母族語で彼の首輪に命じた。アモルマトレイ市入出者管理センターを呼び出したんだ。警察用データリンクを使ってマイク＝カートライトの名を検索する。「いない」とアプロはいった。『いない』と首輪が回答したのだろう。アプロは首筋に聴覚と視覚を合わせたような人工感覚器をもっていて、首輪からの回答データは直接その感覚器に送り込まれる。おれのブレスレット《インターセプター》をはめた腕にも同様の感覚器が植えられている。

おれはアプロの首輪《インターセプター》と同期するように自分のインターセプターに口頭で命じた。回答が手首に出る。妙な感覚だ。おれにはその記号と数字が見えて、聞こえるのだが、視界に入るわけでも耳に響くでもない。脳に直接入り込むというところか。アモルマトレイ市入出者管理センター・コンピュータの識別番号、中継システムと使用データリンクの種類と番号、検索度のレベル、回答のコードナンバーと略号が脳裏にきらきらと輝いた。そう、チリチリ、きらきら、という感じ。

「なるほど、該当人物はいない」フリーダにはわからない。きょとんとしている。もっともだ。「市警は嘘はついていないようです」

「じゃあ、わたしがでたらめをいってるっていうの？　やっぱりあなたたちも、わたしの正気を疑うわけね」

「おちついて。そうじゃない。入出者管理ファイルの内には叔父さんに関するデータはない、これは事実だと、そういっているんですよ。市警はお固い頭で、そのとおりきみに伝えた。だれかがファイルの内容を書き換えたのかもしれないとは考えずに。あるいは市警自らが叔父さんのデータを消したのかもしれない」

「なぜ？」

「さあ。おれは占い師じゃないからね、そこまでは。――アプロ、検索度のレベルをあげて調べてみろ」

「あいよ」

管理ファイルだけでなく、行政関係、犯罪者ブラックリストから、ホテルやレンタカーの予約・利用記録、医療関係やクレジット・カード関係まで、警察用データリンクだけでなく民間情報回線にも割り込んで調べる。一般警察にもわからないような事実が海賊課にはわかる。少少時間がかかるので、その間、おれはフリーダ＝カートライトなる人物を調べた。ごく浅い検索レベルで十分だ。市入出者管理ファイルだけでなく、やたらとあちこちのデータベースに名が載っている。住所はアモルマトレイ市・北ラベリント324区のミスティコという名のアパート。

「まてよ、フリーダ＝カートライトというのは偽名だといいましたね、じゃあ本名は？国籍は？」

キャラバンとはいえ、どこかの籍をもっていないと、宇宙船籍港を定めることができず、まともな商売はできない。船籍港は船の所有者の住所である（その住所に港があるかないかは関係ない）。キャラバンの場合、船の所有者は全船員という形をとるのが普通だから、地上の籍は仮のもの、形式的なものだが、やはりないのはまずい。フリーダもどこかの籍をもっているはずだ。

「キャラバンの名は？」

「わたしはケイマ・ヒミコ。叔父はケイマ・セル。キャラバンはケイマ・キャラバン。火星船籍よ」

「ケイマ・キャラバンか」おれは思わずうめいた。「生き残りがいたのか……どうしてわれわれのところに、もっと早く、こなかったんだ」

ケイマ・キャラバンが襲われた事件、忘れるものか。未解決だ。

ケイマ・キャラバンを襲撃した海賊は、被害者に関する手がかりすらも消しつくすという抜け目のなさだった。キャラバンの母船は木端微塵に粉砕され、現場にはケイマのケの字もなく、もちろん船籍港標示プレートも、宇宙船国籍証も、身分証も、とにかく写真一枚、残っていなかった。だからわれわれは、このキャラバンが海賊に襲われたことはわかっても、キャラバンの名はわからないという有様だった。おかしな話だが、ほんとうだ。宇宙キャラバンのなかには、無籍のもの、あるいは籍はあってもある日突然未開の大宇宙を目ざして大放浪に出るグループ、はては事故をおこして消滅してしまうキャラバンと、さまざまだったから、これらの膨大な情報を分析して、やっとケイマ・キャラバンの名をはじき出したんだ。しかも、一〇〇パーセント断定はできない、という条件つきで。

火星に記録されていたケイマ一族に関するデータは貧弱なものだった。ごくごくお役所的、形式的なものでしかなかった。そういえば、ヒミコの名は記憶にある。写真も見たぞ、たしかヒミコは赤ん坊だった。記録は古いものだった。チーフ・バスターはしかし、サーク警部から送られてきた写真を見て、ピンときたのかもしれない。だとしたら意地がわるい、なにがデートだ、なにが休暇だ、青龍刀をもっていけだ？ 冗談じゃない。海賊が相手なら機動戦闘艦を使わせてくれればいいのに、きっと武装と航行用エネルギーを節約するために、ご民間機で――

「海賊課はわたしたちを守ってなんかくれないわ。自分で身を守るしかないのよ」

おれはヒミコにキャラバンが襲われたときの状況を訊いた。ヒミコのこたえは捜査とよく一致する。犯人はわからないという点でも。

「だめだ」とアプロ。「アモルマトレイにはマイク＝カートライトという男はいないし、過去にもいなかった。立ち寄った形跡もなければ、買い物もしていないし、病気にもならなかった。どう思う、ラテル」

「ヒミコの話が真実なら、ケイマ・セルは海賊に消されたにちがいない。とにかく海賊課の検索網にひっかからないように、すべての痕跡を消すなんて、海賊にしかできまい」

「おれもそう思う。ヒミコの精神状態を調べたが、異常は感知していない」アプロは自分の首輪をさした。インターセプターには、人間の身体から放射されるさまざまな生体情報をとらえて分析する能力もある。「この娘は狂っていないよ。ケイマ・セルはたしかに消されたんだ」

「消された……信じられないわ」

「おれは信じた」とアプロ。

「どうして」ヒミコはまったく突然、目に涙をうかべた。「わたしたち、なんにもわるいことはしてないのに。どうしてこんなめに——」

おれはなにもいえなかった。嵐が去るのを待つ小舟のように、ただひたすらヒミコの心の昂ぶりが静まるのを待った。たぶん、こんな場合、待つのがいちばんいいのだ。下手になにかをいったりすると、安全弁をふさぐような結果になりかねない。爆発する女は苦手だ。おれの手には負えない。

「ラテル、もうすぐだ」

赤い砂漠の上に大都市があらわれる。アモルマトレイだ。水晶でできた巨大なピラミッドのように見える。アモルマトレイは火星が改造される以前の都市の形態をくずしていない、遺物的都市だ。がんとして新火星大気をうけいれぬ、硬質ガラスとプラスチックで構築された閉鎖空間だった。新火星時代の初期、都市はそれまでの殻をとりはらい、そんな殻なしで呼吸できる新しい火星の誕生を祝ったが、アモルマトレイだけはかたくなに旧態を守って今日まできている。初期には古いと嘲《あざけ》られたが（と、火星史の本に書いてある）現在では火星名所だ。またの名を、火星開発記念市という。人があつまってくるからいろいろなものが生まれる。大きな商談、スターをめざす者の汗、成功者の笑顔、男と女の運命的な出会い、嫉妬の炎、敗北者のうめき、殺意をこめた一撃。

「アモルマトレイか。息のつまりそうな街だな。閉鎖的で、まさに飛ばない宇宙船だ。海賊が狙ってもおかしくない……あの街は海賊に乗っ取られているのかもしれないぞ」

「なんだ？」とアプロ。

「なんですって？」とヒミコ。

アモルマトレイは昔から中枢コンピェータによる中央集権的管理体制をとっている。市内のすべてのコンピュータ・システムは巨大な（形はたいしたことはない、機能がばかでかい）コンピュータに常時監視されていて、その中枢コンピュータは必要ならば任意のコンピュータを自分の意志で制御したり、システムから切りはなしたりできる。低位コンピュータの暴走を許さない集中制御管理体制をとっているわけだ。高度に計画的でなければ過去の厳しい環境のなかを生きぬいてはこれなかったのだろう。もしこの都市を乗っ取りたければその中枢コンピュータを奪えばいい。天才的頭脳と、だれにも見つからないでやれる運と、そして海賊課をなんとも思わない度胸があれば、不可能じゃない。

「アモルマトレイは中枢コンピュータに大きな権限を与えて、都市機構の管理をしやすくし、都市機能の維持と安全を最優先に考えるという全体主義的な旧都市体制をとっているだろう、だからそのコンピュータのジャックに成功すれば、街中のコンピュータを同時に手に入れたことになる。どんなデータベースの内容も、銀行預金の数字から極秘のキャリア・ファイルの内容まで、中枢コンピュータを操るだけで自在に書き換えられる。人間ひとりを消すくらいはなんでもない」

「まさか」ヒミコは弱く笑った。「都市をジャックする、ですって？」

〝中枢コンピュータか〟アプロが海賊課刑事の間だけでつかわれる高速意思伝達言語でいった。〝なるほど、それを使えばケイマ・セルの名は一発で消せる。すると犯人は海賊だとは限らんな〟

〝というと？〟

〝中枢コンピュータを操作できる者ならだれにでもやれたってことさ〟

〝だれにでも操作できるわけじゃない。ここの中枢コンピュータはそれだけで独立した行政機関だ。だから乗っ取るしか方法は――いや、まてよ、まさか〟

〝そうさ、市当局がケイマ・セルを消したとも考えられる。海賊事件とは無関係に。もし海賊なら、ヒミコも消したろう、きのう彼女が入ったとき。だまって外に出すというのはおかしい〟

〝それなら、ケイマ・セルが消された理由はなんだ？〟

〝知るか。とにかく市長をぶっ殺そう〟

〝まてまてまて、なにをいってる〟

〝間違えた、中枢コンピュータをぶっ壊そう〟

ヒミコには、おれたちがしゃべっているのだとは思えなかったろう。舌打ちをしたようにしかきこえない。高速言語の語彙は少ないが、アプロのような気のおけない相棒とならまったく不便は感じない。記号のような高速言語で十分だ。この言葉は目くばせと同じといってもいい。連想を助けるキーだけでできている。しゃべらないでも意思が通じ合うくらいの信頼関係になると、基本速度よりさらに速くなり、こうなるともう私的な符牒のようなもので第三者にはまったくわからない。たとえ、同じ海賊課の刑事でも。

白く輝く結晶都市が視野に広がって、もう全体のピラミッド型はわからない。山に入ると山の形がわからなくなるのと同じだ。おれはヘリカーのオート・パイロットを切り、砂漠に着陸させた。

「アプロ、おまえヒミコをダイモス基地まで送ってこい。ヒミコを市内に入れるのは危険な気がする」

「あの、わたしなら、いいんです」

「なにが？　いいって？」

「殺されても。もう飽きるほど生きたわ」

「何世紀も生きたような口ぶりだけど、そんな老婆には見えないよ」

「海賊たちもおまえのようにあっさりと人生をあきらめてくれると、われわれとしても助かるんだが——」アプロはおれにヒゲを思いきり引っぱられて悲鳴をあげた。「殺す気か、ラテル、おれはまだ死にたくない」

「心配するな。ネコは七回だか八回だか生まれかわることになってる」

「おれはネコじゃない！」

「じゃあネズミか？　おまえがネズミならネズミはなんだよ」くそいまいましい猫め、くそ、くそ、くそ。なんだ、この苛立ちの強さは。しまった、心を凍結させられた。「くそ！　このネコ！　たのむから！　解除しろ！」

「ごめんなさい、刑事さん、おねがい、やめて、わたしがわるかったわ」

アプロと視線を合わす。解凍は凍結よりずっと難しいのだ。アプロは精神を集中した——怒りがふっとさめる。「ではアプロ。おまえの意見をいってみろ」

「われわれが動き出したことは、インターセプターを使用したことで、すでにばれているだろう。おれがいいたいのはそれだけさ」

「正攻法でぶつかるか。フム、そのほうがいいかもしれん」

「つれていってください、ひとりで待っているのはいやです。足手まといでしょうか」

「とんでもない」アプロは本音を隠せない刑事だ。「おまえになにか仕掛けてくれれば、かえって好つごうさ」

しかしヒミコをこのまま市内に入れるのはいかにも危険だ。おれは自分のブレスレット《インターセプター》を外して、ヒミコの腕をとり、はめてやった。

「これは？」

「お守りさ」

ヒミコの腕のインターセプターに命じて、彼女の身体から放射される生体波パターンをちょいと変調させるようにした。アモルマトレイの入出者識別装置は、人間の生体放射パターンで識別するという最新方式だ。

〝たかが一地方都市だというのに〟アプロは腹立たしそうにいった。〝一国なみの入出者管理システムを導入しているとは気に入らん街だ。古い街ならそれらしく朽ち果ててしまえばいいものを。なまいきだ〟

〝たしかに、最新の装置を古いシステムに組み込むのは危険かもしれんな〟

〝インターセプターでごまかせるかな〟

〝たぶん、これでヒミコはまったく新しい入市者として登録されると思う。だめでも、インターセプターは武器としても使えるから彼女の腕にはめとこう〟おれはヒミコに説明した。「このブレスレットは、半径七メートル以内の人間の放射波を自動分析し、殺意もしくは敵意をもっていると判断した人間に対して自動的にレーザーで攻撃する」

「警告を与えずに。もっとも、ラテルの命令がなければ作動しない。こいつは持ち主のいうことしかきかないんだ」

「……こわいわ」

「海賊たちはぜんぜんこわがらん。世の中うまくいかんよなあ」

「こわいと感ずるのは生きてる証拠さ、ヒミコ。さあ、行こう」

ヘリカーを上昇させる。自動誘導装置を入れると、ヘリカーのスピーカーから女の声が流れた。

「市内のどちらに御用ですか？」

北ラベリント324区と告げる。了解のこたえがあり、ヘリカーは市の北側へ誘導される。

そのポートは火星の砂で埋まってしまいそうなほど低いところにあった。市のもっとも外れという雰囲気だ。ポートへおりつつあるヘリカーから見あげる都市の外郭は、白い平べったい巨大なブロックをでたらめに積んだように見える。威圧的だ。そのブロックのひとつひとつが、それぞれ文字どおりの街区になっているときく。アモルマトレイは千五百以上の街区をもつ。あちこちに同じようなポートがあるのだろう、高く遠く、ヘリカーや、より大きなカーゴ空中船が小さく見えている。

ポートにおりる。市内に通ずるトンネルが黒い口をあけている。火星が改造されたいまは市の内外の気圧差はないから開放されている——と思ったのだが、トンネルに入る瞬間ものすごいエアカーテンにぶちあたってヘリカーが揺れた。新火星大気は絶対にいれないという市の決意は変わってないらしい。

トンネルの中ほどでヘリカーは自動停止した。スピーカーの声。

「アモルマトレイにようこそ。旅のお方ですね？」生体波自動探知器がトンネルの中に仕掛けてあるのだ。管理ファイルを検索し、われわれを部外者だと判定したんだ。「こちらは市総合サービス局です。みなさまに御満足のいただけるサービスを提供いたしたいと存じます。つきましては質問におこたえください」

〝なんだかすごい脅迫にきこえる〟高速言語でアプロ。〝とって食われそうな気分〟

氏名、職業、来市目的と滞在期間を訊かれた。アプロのこたえぶりはいかにも彼らしいものだった。

「職業？　プロの殺し屋。目的は市長暗殺」

「ありがとうございます」とサービス局の声。

まったく機械的な処理だ。おれは「ネコつかい」とこたえてやった。「しゃべるネコのショーをやりに。もう一名はラウルの妻。名はヒミコ。以下同じ」

「ありがとうございます。よい旅を」

ヘリカーが動き出す。トンネルを抜けると地下駐車場らしきところに出た。うすぐらい空間にヘリカーがいっぱい浮かんでいる。空中駐車だ。路上を矢印のとおりに走る。先に明るい出口が見えてきた。出た両側はビル。高い建物にはさまれた小路だった。またヘリカーが自動的に停まる。小路の出口を一台の車がふさいでいた。

市警のパトカーだ。

手をあげて出てこい、とパトカーの上のトランペットスピーカーがどなった。

「どうなってるんだ？」

「おまえがプロの殺し屋なんていうからだ。さっそくおでましだ」

おれはヒミコの手のインターセプターに、もし相手が危険な態度にでたら攻撃しろと命じて、ヘリカーをおりた。

「撃つな。広域宇宙警察だ」

警官のひとりが銃を構えたまま近づいてきた。残るひとりもパトカーを盾にこちらを狙っている。

「宇宙警察？　ではなぜ身分を隠した」

警官はおれの腰のレイガンを見て海賊課だとすぐに納得したらしい。おおっぴらに銃を下げて、殺し屋だと名のりながらやってくる殺し屋なんかいるものか。いや、おれは過去一度だけ、そういう馬鹿というか度胸がいいというか自信過剰というか、そんな殺し屋を撃ったことがあるが。

「特別任務なんだ」アプロが首のインターセプターを見せながらいった。「海賊退治だ」

「海賊？　知らんな。きいてないぞ」と警官。

「あたりまえだ。おまえたちでは役に立たないからおれたちがいるんだ」

アプロの言葉は警官の気分を害した。警官は銃をおさめて回れ右をし、一言もいわずにパトカーにもどった。同僚と短いことばを交わすと、こちらにはなんの挨拶もせずパトカーを発進させて、行ってしまった。

「協力はしないぞ、勝手にやれ——というわけか。望むところだ」

「まずいぞ、アプロ。市警の協力がないと少少やりにくいかもしれない」ヘリカーに乗る。

「考えてもみろよ、インターセプターは役に立たないと思わなくちゃいけない。ここの情報網はすべて中枢コンピュータににらまれているから、そいつが敵だとすると、われわれは偽の情報しか与えられないのだと考えたほうが安全だ。となると頼りは人間の口コミだけだ」

「かまうもんか」アプロはヒゲをなでながらいった。「市警の人間も敵かもしれないんだ」

「フム、そうか、まあ、とにかくヒミコの身元はばれなかったようだ」

上を仰ぐといくつかの窓で、さっと首をひっ込める気配。海賊の巣かな、ここは。

おれはヘリカーを発進させる。「北ラベリント324へ」ヘリカーは三メートルほど浮上し、のんびりと道にそって動きはじめる。見あげる空は高いが、空は偽物だ。

「ラテル、アモルマトレイには市民行動監視装置が街中に張りめぐらされていたという伝説を知ってるか」アプロは高速言語に切り替える。〝昔はそれで個人の行動を追跡・監視し、異分子やサボタージュ人間を自動暗殺機械で粛清したとか。ケイマ・セルはこの伝説

〝ありうることだ。粛清システムも実在すればコンピュータに管理されているだろう。しかし、それは伝説だろう、実在するかどうかはわからない〟

過去のアモルマトレイは、この宇宙船のような都市の安全維持のために、多くの反逆者や怠け者を厳しく処罰したらしい。それは歴史で学んだ覚えがある。しかし血と暗殺のイメージでおれたちが粛清システムと呼ぶそんな機構が実在したのかどうかは、はっきりしない。おれもアプロもアモルマトレイの歴史については素人だ。伝説程度のことしかわからない。専門家はそんな伝説を即座に否定するかもしれないし、あるいは、「そのとおり、実在していて、当時の市民はおおらかな気持ちでうけ入れていたようですよ。しかしこのシステムは新火星暦〇五年に都市機構から切りはなされ、以後は使われていません。いま使えば犯罪ですよ。いわば独立国だった過去とは異なり、いまのアモルマトレイは一地方都市にすぎません。自治権を超越した行為は火星連邦中央主権に対する反逆ですよ」――というかもしれない。こんなことならアモルマトレイの歴史をじっくり研究してくるのだった。

アプロはインターセプターでラカート州立歴史資料館を呼び出し、そんなシステムが実在したかどうか尋ねた。

それにしてもなんとまあ、ごみごみした街だろう。この辺は郊外にあたるわけだから、閑静な住宅地区かと思いきや、まるでスラムだ。たぶん、流れ者が住みついているのだろう。ヘリカーは路上で遊ぶ子供たちの頭上をゆっくりと飛ぶ。ときどきヘリカーにボールや空カンが飛んでくる。アプロを見た女の子が笑う。おかしな顔のネコがいるよ。

「頭にきた、ラテル、止めろ」

「じゃれるのはよせ。小悪魔にはぜったい勝てん、人間の子供には。子供はほんとうのことをいうからな」

〝冗談はともかく、まったく、よく市当局は耐えているよ。犯人は人口過密の現状に頭にきた市当局かもしれない〟

〝真相がどうであれ、市のトップには会わねばなるまい。──資料館からの回答は？〟

〝粛清システムなんかないとさ〟

〝歴史にも記されない極秘システムなのかもしれない。いずれにせよ、その回答はあてにはならんぞ、アプロ〟

インターセプターは、資料館と直接交信するわけではなく、もっとも近くにあるデータリンク中継コントローラに割り込んで通信を中継してもらう。ここでいちばん近くの中継センターといえば、どれであれ市内にあるのだから、中枢コンピュータの支配下にある。資料館からの回答を操作して、「ある」を「ない」に変えることも可能だ。非常に困難だが。そう、困難だ、とてもできそうにない。

これを実行するためには、中枢コンピュータはインターセプターからの割り込み信号を受けた中継機を一時殺し、中継の役目を自身が代行してインターセプターと外部の資料館とを接続しなければならない。それは可能だが、そこまでだ。インターセプターと資料館との間で交わされる情報通信内容に干渉することはできない。それを許さない監視機構があるのだ。インターセプター・モニタだ。

ここの中枢コンピュータにかぎらず、どんなコンピュータも、海賊課のインターセプターからの要求を無条件に最優先に処理するようになっている。その割り込み処理を管理するモニタがインターセプター・モニタで、これを内蔵していないコンピュータはいかなる種類のデータリンクとも接続できないというハンデが与えられる。宇宙データ通信法でそう決められているのだ。インターセプターからの割り込み《インタラプト》は強引というか、おそろしく強力なもので、割り込まれる側のコンピュータのソフトウェアではこれを拒否することは絶対にできない。インターセプター・モニタが許さないのだ。

もしこのモニタの機能を変更できたら、そのときは、インターセプターに偽情報を流すことも理屈のうえでは不可能ではない。しかし実行は難しい。このモニタ機能の重要部分は各コンピュータやコントローラのセントラル・プロセッサやI／Oプロセッサなどにハードウェアで組み込まれ、まるで寄生植物の根のように入り込んでいるから、モニタ機能を変更するということはハードウェアを造り直すことを意味する。早い話がコンピュータ

・システムそのものをそっくり新しいものと入れ替えなくてはならない。だれにも知られずにそんなことがやれるとは思えない。
〝いや、できるかもしれない〟

〝なにが〟とアプロ。

〝モニタ機能の変更だよ〟鍵はアモルマトレイの古さだ。〝アモルマトレイの歴史は広域宇宙警察の歴史より古い。あの中枢コンピュータの造られた時点では宇宙データ通信法なんかなかったとすると、インターセプター・モニタはコンピュータに内蔵されていないだろう。あとからつけたした格好になっているはずだ。もしそうならそのユニットの交換だけですむ〟

〝だめだめ、考えが甘い〟アプロはおれを嘲笑《あざわら》う。〝おれたちが監視していなくとも、中枢コンピュータを監視するシステムはコンピュータの周辺にちゃんと存在する。それにひっかかるさ。モニタの変更なんかすればその瞬間にわかる〟

〝中枢コンピュータを乗っ取れば、そんなもの、だませるさ〟

「アホか」通常言語でアプロ。「乗っ取れば、だろう。まだ乗っ取ってないときは多重監視システムは生きているんだぜ。監視装置を壊せばこれまたすぐにばれるし、だめだよ、モニタ変更なんて、できっこない」

〝ではこういう考えはどうだ。アモルマトレイの歴史は百三十火星年以上だが中枢コンピュータはしかしそんな昔のものじゃない。何度か市当局の計画で入れ替えたはずだ。その入れ替えのときに、本物を偽物とすり替えた者がいたとしたら？　もちろんその海賊版中枢コンピュータには、われわれと監視システムを欺ける能力を与えておく。これならだれも疑わない〟

〝しかし最近、入れ替えたなんてきかないな。あれだけの機能をもつコンピュータだ、入れ替えは一大事業だろう。ニュースになるはずだ〟

〝時期は問題じゃない。つまり、そのときから、アモルマトレイは海賊のものだったんだ。で、たまたまそこにケイマ一族の生き残りが入ってきたんで、海賊が同業のよしみでケイマ・セルを消した〟

〝ヒミコはどうして消さなかったんだ？　それに、インターセプター・モニタを変更したら外部とのデータ通信がやりにくくなるだろう。あのモニタはオンライン・モニタの一部を兼ねているのだから、変更すればデータ転送時間もごくわずかながら変化する。それがどんなに極微少の変化でもばれる可能性はある。よく外部に知られないな〟

〝われわれが関係していないときは正常なモニタを使用しているのかもしれん。とにかく中枢コンピュータが正常かどうかをたしかめるには、市の外に出てこの中枢コンピュータの息のかかっていないデータリンクを使用してみなくてはならない。いまの場合は実際に資料館へ行ってみるのがいちばんいい。伝書ネコでも走らすか〟

〝もしかして、そのネコというのは、おれのことか?〞

「たとえばのはなしだよ、鳩というのをいい間違えたんだ」

「走らすといったじゃないか」

「おまえ、飛べるのか?」

「やっぱりおれのことだ、くそ。絶対に走らんぞ、やなこった」

「だれが行けといったよ、その短い足だ、おまえの首筋を持って、かわりにおれが走ったほうがましだ」

「あの」とヒミコ。「なんのはなし?」

「足の短いネコはどうして飛べないのかを科学的に考察しているんだ」

「足とは関係ないぞ、ラテル」

「では顔か?」

「中枢コンピュータを相手にしているほうがまだ心が休まる」

「じゃあ休ませてもらえよ」

「ハハ! やってみるか」アプロはヘリカーのコンソールにむかっていった。「アモルマトレイ市総合サービス局を呼び出せ」通信器のパイロット・ランプがつく。

「はい。こちら市総合サービス局です」

「こちら殺し屋。日没までに市中枢コンピュータを破壊する」

「そのようなサービスはいたしかねます」

「以上」ランプが消える。それを待って、アプロは気持ちのわるい笑い声をあげた。「そのような、サービスは、いたしかねます、だと」

海賊がいるとすれば市警以上にあわてるだろう。中枢コンピュータなしではなにもできない。粛清システムがあっても使えなくなる。

「どういうことなの？　本気なの？」

「きみはなにも心配しなくていい」

「ラテル、止めろよ。降りよう。市警察のやつらがくるとうるさい。宣戦布告した以上、このヘリカーはもうマークされたろう。――どうした、止めろったら」

「やってるよ」止まれば苦労しない。止まらない。「だめだ。ハイジャックされた」誘導装置がロックされている。ヘリカーは急上昇。天井にぶつける気だ。「墜ちる！」

「上がってるじゃないか！」

〝インターセプターでジャミングをかけろ〟

高速言語でいうより早く、アプロのインターセプターが電磁妨害波を発射する。ヘリカーはバランスを失って墜ちる――危ういところでメカニカルバランサーが作動したらしく、車体が水平になる。誘導システムとは別系統の原始的な安全機構が操縦系統の故障だと判断したのだろう、自動緊急停止。ヘリカーは止まった。止まったはいいが、地上ではない。

三メートルほどの高さでホバリング。もちろんモーターは回っている。ジャミングを切れば再び狂い飛びしそうだし、かといってモーターのスイッチを切れば硬着陸だ。

アプロはさっさととび降りた。下で、「早くこい」などといっている。ヒミコを先に降ろす。ところがおれの手をはなさないのだ。

「大丈夫だよ、足から地面まで一メートルくらいだから——ほんとにネコは役に立たんな」

親切な人がいるものだ。高い踏台を持ってきた子供がいて、ヒミコはそれを使って無事におりた。おれもそいつを使おうと、ヘリカーからぶら下がったところで、足で探ったが、ない。アプロが、もういいよ、なんていうからだ。

「みんな、ヘリカーからはなれろ。海賊課だ。ヘリカーが爆発するぞ」

アプロの声で、あっというまに路上の人間がいなくなった。左右の古びた建物の窓も閉まる。無事着地して、ヒミコをつれて建物の角を曲がる。後ろでヘリカーが地面に硬着陸する派手な物音。しかし爆発はしなかった。

アプロが駆けてくる。インターセプターから細いレーザービームを発射してヘリカーのモーターを殺したんだ。

「あのヘリカー、いくらするかな」

「その心配は保険屋にさせればいい。さて、早く逃げないと市警に逮捕されるぞ」ヒミコの手をとる。「どうした？　足でも痛いのか？」ヒミコはかぶりを振る。いまになって、自分の生命が危なかったのだと気づいたらしい。「恐怖を反芻することなんかないんだ。助かったことを喜べばいい。さあ、行こう」

「海賊課刑事をこんな手で消せると思ったのかな。海賊なら三流だな」

「だれが、なんのために、なにをやっているのかはわからないが——どうやらわれわれが邪魔らしい」

ヒミコの手をとって、歩く。なんだか手をつないでいないとヒミコに逃げられてしまうような、糸の切れた凧のように空に舞い上がってどこかへ消えてしまうような、妙な不安にとらわれたからだ。普段のおれはこんな真似はしない。たとえ利き腕でない左手でも、ふさがるとなれば銃を抜くのに不利になる。しかしいまは、ヒミコを放っておくのは危険に思えた。自分の身が危うくなるような気がしたのだ。たとえていうと、自分の安全のためにヒミコを人質にとった、そんな気分だった。おれは以前、女海賊に地獄へ案内されかかったことがある。

もちろんヒミコは悪人ではなかった。かばってやらなければならない、もろいほど善良な娘だった。それなのに、おれはやはりヒミコの手を、やさしい気持ちからではなく、自分に従わせるべく握っていて、放すことができなかった。もしこの娘を自由にしたら、さっさと逃げ出して角を曲がり、それっきり姿を消してしまい、あとには彼女の嘲笑だけがのこり、周囲は闇につつまれ、その暗闇からレイビームが伸びてくる……おれはそんな幻想に悩まされた。

アプロを見ると、彼も短い足をせっせと動かしながら、耳の角度を神経質に変化させている。傾けたり、ピンと立てたり、左右に振ったり。

話し合わなくとも、この緊張の原因はわかっている。かつてアモルマトレイ市中に張りめぐらされていたという粛清システムの伝説は真実で、いまそれが動き出したのだという実感、消されたのはケイマ・セルひとりではなく、大量に殺されたのではないかという疑惑、アプロとおれの二人だけでは解決できないかもしれないという、いやな予感……レイガンの重みがこんなに頼りなく感じられたことはない。いまおれたちは中枢コンピュータの腹の中にいる。消化されるより早く真相をつきとめなければならない。

「どこだ？　もうすぐだろう？」

「ええ」ヒミコは歩きながら街路の先を指さした。「あっちよ。ここは323ブロックで、向こうが324なの」

なるほど。白い帯線が引いてある。まるで「ここが赤道線」という標識みたいに。白帯は幅五十センチくらいか、道を横切り、左右のビルの壁面をのぼり、おもしろいことに青い空を横断して、縦に細長い長方形を描いている。空は本物じゃない。白い帯線のあるところがこのブロックの天井だ。

３２４立体ブロック内は３２３ブロックより渋い。しかし夜になれば華やかな通りになるだろう、そんな街並みだった。

重重しいドアのついたレストランのわきの小路にヒミコは入った。「あそこよ」

「きみは管理人には会わないほうがいい」

「どうして？　いい人たちよ、あの夫婦は」

「そうかな。よく考えてみるんだ、彼らは嘘をいったんだよ、きみに。それとも、いまになって、『わたしには叔父なんかいないの』なんていうんじゃないだろうね」

「それはもう関係ない」アプロが非情にいいきった。「これは海賊課に対する挑戦だ。ケイマ・セルが実際にここにいたかどうかなど、もはやどうでもいい。いつまでも小娘の人生相談はやってられない」

ここで待っていろといいのこしてアプロは走っていった。歴史的価値のありそうな高い建物が並ぶ。黒猫が似合う雰囲気だ。アプロはすぐ近くのアパートメントの入口の段をあがって、内に姿を消した。

「叔父のことなんかもうどうでもいいのなら、なぜアパートを調べに行くの」

「われわれ三人を消そうとしている犯人をつきとめる鍵を捜すためだ」

「必要なら、わたしも見捨てるの？　海賊課に関する噂はきいてるわ。海賊を退治するためなら善良な市民を犠牲にするのもためらわないって」

おれはためいきをついた。「そうだよ」

「警察は市民を守るためにあるんでしょう、どうして——」

「守るのは法さ。とくに海賊課は、いつでもどこでもだれにでも、『全宇宙の自由と平和のために死ね』と命令できる存在なんだ。対象の人間が悪人か善人か、そんなことにかかわらず、死ね、と命令できるんだ」

「そんなばかなことってないわよ」

「もちろん現実の海賊課の行動はかなり制限されているけど、原理はそうなんだ。たとえば、ある町に海賊が攻めてきたとすると、海賊課はその市民に対して、町を守るために戦えと命令できるんだ。犠牲になれ、と」

「あまり……現実的な例じゃないわね」

「そうだな」おれは認めた。「きみの抱いている海賊課のイメージのほうがより現実的で、しかも正しいと思う。最近の海賊は追いつめられても人質を盾に抵抗する者はほとんどいない。海賊課には通用しないと知っているからだ」

「わたしがもしここで殺されたら、あなたはわたしのことを、『自由と平和のための尊い犠牲になられました』とでもいうのね？　それでおしまいなんだわ」

「それ以上になにを望む」アプロがいつのまにか引き返していて、ヒミコを見上げていた。

「ついてきたいといったのはおまえじゃないか。この世の中、おまえのようなナイーヴ《うぶ》な人間が多すぎる。宇宙でなにがおこっているかを知らずに愚かで身勝手な理屈をこねる幼稚な人間が。だから海賊がはびこるんだ――」

〝とべ、アプロ！〟

おれの左手がヒミコを突きとばす、右手が銃を抜く、アプロがまるで狐のようにとびあがる、ほとんど同時だ。おれの頰のすぐ横の空気が鳴った。赤い二条の射線が緑色に目に焼きつくより早く、そのビームの二つの発射源に向けて応射。おれの狙いのほうが正確だった。連射してこない。死体に引き金は引けない。レイビームの発射で空気中に生じたオゾンの匂いがうすれていく。

アプロが着地して振り返る。〝敵はだれを狙った？　壁の跡からすると――かなり射撃の下手くそなやつだな〟高速言語が少しききとりにくい。〝だけどラテル、おまえのレイガンの射線のまぶしいこと〟

人間の目にはレイガンの射線は見えないのだが。

「何者だ？　インターセプターは反応しなかったようだが」

「いうのを忘れてた。管理人はアンドロイドだ。二人とも。撃ってきたのはそのアンドロイドだよ」

「アンドロイド？」ヒミコが倒れた身を重そうにおこした。「どういうことなの」

「こっちが訊きたい」とアプロ。「そっくりのアンドロイドと入れ替えたのかな」

「そうではないだろう。アンドロイドがアパートの管理をやるのは珍しくもなんともない――あれはアンドロイドじゃない、ダミーだ。中枢コンピュータに操られた人形さ。以前は善良な管理アンドロイドだったのかもしれないが」

「管理人は人間だったのか？」アプロはヒミコに訊いた。「それともアンドロイド？」

「さあ」

おれは銃をおろさず、死体に近づく。初老の男女。手に古い型のレーザー銃を握っている。刺激臭。アンドロイドだ。

「アンドロイドだったかもしれないけど、そんなこと、考えたこともなかった」

「ラテル、早いとこ中枢コンピュータをぶっ壊しにいこうぜ。街中のアンドロイドが相手では、飯を食ってる暇もないぞ」

「まあ待て。ここまできたんだ。アパート内を調べよう。おまえは管理人室へ行け。ヒミコ、おいで。部屋へ行ってみよう。何号室だ」

「222号室」とヒミコはいった。意外としっかりした声だった。

エレベータはあったが、そんな密室に入る気にはなれなかった。どうせ二階だ。二百二十二階でなくてたすかった。

「あのネコの刑事さん、ひとりで大丈夫？」

アプロにきかせてやりたい。おれは笑った。

「海賊課刑事の身を案じてくれるなんて、うちのボスがきいたら感謝状を出すぞ、きっと」

「——ここよ。鍵がないわ」

「きのうきみが帰ってきたとき、ここに入ったか？」下がるように指示して、精密射撃モードにしたレイガンの引き金を一段引く。ごく細い、真紅のトレーサービームをラッチ付近にあてて、引き金を引きしぼる。バンというかわいた音。「入らなかった？　なぜ。ここまできて室内を見ずにアモルマトレイを出たのか」五センチくらいの穴があいた。足をあげ、つま先をノブにひっかけてドアを開き、壁に身をよせる。無邪気に入ろうとするヒミコの腕をとった。「なつかしい気持ちはわかるけどね、少し待て」彼女の腕のおれのインターセプターに命じて、室内やこの通路に能動的な探査波が発射されていないかどうかを調べさせた。結果はインターセプターの腕時計のようなディスプレイ面に出力させる。生きている家庭用電力供給線と思われる反応だけだった。探査ビームはないし、アンドロイドもいない。つぎに生体反応を調べる。高等生命体はいない——いや、接近中。アプロだ。

「説明のつかない電磁波をキャッチしたぞ、ラテル」

「早いな。それはレイガンのせいだ。レイビームがラッチの金属にぶちあたったときに発生した電磁反応だろう。下はどうだった？」

「やはり管理人は昔からアンドロイドだったようだ。旧式のアンドロイド用エネルギー供給アダプタを見つけた。それだけだ。人間の臭いはなかった」

「ここはどうだ」

アプロは中をのぞき込む。「退廃の臭いがする――人間の乱れた感情の跡がある。いまはだれもいない。危険はない」

広いラウンジだ。厚い絨毯、ゆったりとした長椅子、奥にホームバーとカウンター、おちついた色調の壁、立体的な天井、凝った照明システム。

「ヒミコ、おれからはなれるな。一応全部の部屋をたしかめるまではなにが飛び出すかわからないから。いいね？」

「叔父は……どこへ行ったのかしら」

「知ってるくせに」アプロはどこまでも意地悪く、残酷に、しかもそれを楽しみながら、いった。「地獄さ。わからないのはだれに殺《や》られたかだ」

「殺されたと決まったわけじゃない。単に市民データベースから名を消されただけかもしれん」

ラウンジの先はサンルーム、その手前にらせん階段がある。アプロはそこを駆け上がっていった。その後ろ姿を見ながらヒミコに言う。

「すごい家だな。この部屋だけでおれの宿舎より広いくらいだ」

「ほんとにそう思ってる？」

「思っているもなにも——」

「そうじゃないわよ」疲れきった声。「叔父は生きていると思う？」

「殺された証拠はないといったんだ」バーに近づく。うっすらと埃をかぶっているが、整頓されている。「だから生きているかもしれないが——あくまでも『かもしれない』だ。真実はひとつしかない。おれやきみがいまなにを思おうと、真実がそれに左右されるわけじゃない」

ドアがある。開いた向こうは食堂と台所。

「お願いよ、もうやめて」

「やめる？」ドアを閉じる。サンルームの方へ行く。アパートは中庭を囲んだロの字型の建物だ。中庭は荒れている。草木が伸びほうだいで鬱陶しい。以前は心安らぐ小庭園だったろうに。「真相を知りたくないのか」

「もういいわ……こわいのよ」

「気持ちはわかるよ。でも、もう引き返せない。われわれがやめたといっても敵は見逃してはくれまい。きみにはその辺のことが、自分のおかれた立場というものがわかっていないようだな。だからアプロに、ナイーヴだなんて馬鹿にされるんだ」ホームバーにもどる。火星コーン・ウィスキーの封の切ってないやつを棚からとる。「一杯やって気分をおちつけるといい」グラスをジャケットでふいて、火星バーボンを注ぐ。「実にいろんな種類の酒があるね。商売ができそうだ。――生《き》のままでいい？」

「ええ」ヒミコはストレート・バーボンを一口飲んで、深く息を吐いた。「飲んだくれだったけど、わるい叔父じゃなかった」

「仕事は？　なにをやっていた」

「ほとんど仕事らしい仕事はしなかったわ。わたしが働いてたの。叔父は海賊に襲われてからというもの、変わったのよ」

アプロが下りてきた。高速言語でおれは訊いた。〝ひからびた死体かなんか、見つけたか？〟

〝いいや、なにも。押し入れに骸骨はなかったよ〟

〝おれたちを消そうとしているやつは、ケイマ・セル失踪の真相を知られたくないからだろうか〟

〝そうさ、もちろん。市警にわれわれの正体を明かしたとき、中枢コンピュータを使えるやつなら市警のデータベースを通じて、おれたちが海賊課刑事だとわかっただろう。海賊課刑事がケイマ・セルのアパートに向かっていると知った敵は、ヘリカーを墜とそうとし、管理人を使って殺そうとした。おそらく大きな犯罪事実を隠そうとしているんだろう。消されたのはセルひとりではないかもしれない〟

「ヒミコ、どこへ行く」

「上を見てきたいの――ついてこないで」

〝アプロ、上のW・Cは調べたか?〟

〝うん。二寝室の間にトイレットがある。浴室だよ。ドアに孔をあけてのぞいたが、なにもなかった〟

〝浴槽は〟

〝見なかった〟

〝見るべきだったな〟おれはヒミコを追った。「ちょっと待て、ヒミコ。独りで行動するな。そんな顔するなよ、わかってる、ただね、浴室で殺された人間は多いってことを思い出したんだ」

階段をあがるとロビー、両側に部屋がある。一方のドアをあける。寝室だった。妖しい魅力のある室内装飾だ。眠るための室ではなさそう。入口から少しはなれて、目立たないドアがある。開くと洗面所。対面にドア、となりの寝室に通じるのだろう。左手に浴室《トイレット》があった。そのドアはスライド式だ。ドアハンドルに手をかける。開かない。ドアの下部に小さな孔があいている。アプロがレーザーであけたものだ。そういえば、寝室のドアにもあいていた。アプロは猫よりは大きいから、身をうんと伸ばせばノブに手はとどくだろうが、彼のことだ、すべて自己流にやったのだろう。寝室のドアには鍵はかかっていなかったが、それにはかまわず孔をあけて通ったんだ。

おれはレイガンを構えてドアハンドルを狙い、そしてふと気づいた。そのドアのこちら側には鍵を受けるものがないのだ。鍵穴も、電子キーをあてる位置を示すマーカーも。玄関ドアならマーカーをわざとつけないのもうなずけるが——だいたい浴室のドアにはそんなに高級な錠システムはつけないだろう。

「おかしいわね」ヒミコは首をかしげた。「鍵がかかっているの？ 中にだれかいるのかしら」

おれはぞっとした。このドアの錠は内側からしか掛け外しができないのだ。レイガンをおさめてドアを調べる。やはりあかない。

「まさか、叔父が中に？」

「なぜ鍵をかける必要がある？」

アプロがトコトコとやってきた。

〝錠をおろしたのは、アプロ、おまえか〟

〝おれは中には入らなかった。開かないのか？〟

「叔父はぐうたらだったけど、ドアはちゃんとしめたわ。——そう、閉じれば自動ロックされるの」

「簡易ロックか」

内側のハンドルを持って閉じると錠がおり、ドアを開くためにハンドルを動かすと解除される。簡単な機構だ。しかしこの錠をおろすにはドアがしまり、ラチェットがかみ合うまで内側のハンドルを持っていなければならない。なんらかの細工をしないかぎり外からはおりないのだ。だれがそんな細工をする？　内側から簡単に開くのだからだれかを閉じ込めるためにそんなことをするやつはいない。中になにかを隠すためか？　それならもっと頑丈な錠とつけかえるべきだろう。おれはハンドルをドアの開く方向にけとばした。バシンという音とともに錠が壊れる。ドアはスライドし、はねかえってきて、また閉じようとした。手で止める。

開く前に照明はついていた。ドアの前に立つと点灯するのだろう。冷ややかな光だ。窓はない。だれもいない。簡素で飾り気がない。さほど広くない。別の家にきたのではないかと思わせるほど、他の部屋とつり合いのとれない、異質なかんじだ。安っぽいとか、粗雑だとかいうのではなく、いうなれば規格品のユニットの印象だ。

バスローブがむぞうさにスツールにかけてあるのが目にとまった。ヒミコがそれに気づいて、入ってとろうとする。おれは彼女の肩をおさえて、とめた。

「待てよ、ヒミコ。この状態をどう思う」

「どうって……そうね」

ヒミコは口を閉ざした。顔色がわるい。

「そうだよ、だれかが風呂に入っていたように見える。たぶん、そうだったんだ」

「それなら――叔父が？　どうなったの？」

「浴槽の底が抜けておっこちたのかな」とアプロ。

浴室に入り、浴槽をのぞく。おかしなところはない。バスローブを手にとる。清潔だった。アプロも調べはじめた。おれは浴室の外のヒミコにバスローブを手渡して、なにげなくドアをしめた。完全に閉じた瞬間だった。照明が消えた。反射的に上を見あげたとたん、頭の中に火花が散り、火花はすぐにきらめく色彩のうずになった。気が遠くなる。

〝アプロ、外に出ろ！　これはブレインズ・ブラスタだ！〟

おれは床にくずおれる。手を伸ばしてドアのハンドルをとって、開く。

「どうしたの？　どうしたの！」

「針のシャワーを浴びた気分だ――」

まったくだらしのないことに、おれは気を失った。そして激しい頭痛で目をさます。ヒミコがおれの顔をハンカチでふいていてくれた。頭がずぶぬれだ。水をぶっかけたのはアプロだろう。身を起こして壁によりかかる。

「なにがあったの？　大丈夫？」

「二の三乗から九を引いた三倍はいくつだ」とアプロ。

「えーと、三。いや、マイナス三かな」

「まともなときでもこれだもんな。頭は正常のようだ」

「頭がどうしたのよ」

「この浴室は一種のトリップルームだ。知っているだろう、人間の感覚をかき乱し、音を見せたり、匂いを聴かせたりする、超感覚駆動ユニットを仕込んだ部屋だ。——しかしこの浴室のやつは強烈だよ、まるで超電磁知力破壊銃に撃たれたみたいだった。原理はさほど違わないんだ、トリップルームと知力破壊銃とはね」

「ラテル、この部屋は電磁シールドされてる」

「トリップルームはみんなそうさ。強力な電磁波が外に漏れないようにシールドしてあるんだ」

「信じられないわ……こんなこと、なかったわよ、いままで」

〝本格的な幻覚発生装置はないようだぞ、ラテル。ここの電磁シールドは外の雑電磁波が中に入るのを防ぐためのものらしい〟

〝なに？〟

〝超電導電磁センサらしきアンテナがある。天井と床と浴槽の中に埋め込まれている。医療用だろうな。裸になってここに入り、外部の電磁雑音をシャットアウトして、その人間の脳波や筋電流による磁気パターンなどを自動遠隔モニタしていたらしい。そうとう旧式な方式だよ〟

〝旧式か。そうだな、現在の生体波測定には特別な電磁シールド室は必要としないからな。すると、この浴室は大昔からある、伝統のシステムの一部かな？　粛清システムかどうかは別として〟

〝だろうな。受信センサ・アンテナを能動状態にしてトリップルームにしたんだ。この部屋ではそうやって簡単なノイローゼの遠隔治療もやっていたのかもしれない〟

〝治療だって？　死ぬところだったんだぞ〟

〝だからさ、出力制御装置を操作したやつがいるんだ。中枢コンピュータを使って〟

〝おまえはよく平気だったな〟

〝おれは固定させたんだ、自分の脳を。おれの母星ではよくこういう嵐がある。だから全身を鉄でシールドした甲虫のような生物もいるが、彼らは動きがにぶくて高等にはなれなかった。われわれは精神力で保護場を自在に発生消滅させることができるんだ。それを人間に作用させると心の凍結という状態になる。いまは自分のことでせいいっぱいだったから、おまえの頭までは気がまわらなかった〟

「薄情者め」おれは頭を振る。

「おれの助けなんかいらなかったさ、ラテル。自分でドアをあけたろう。ドアが開くと、機械的に殺人回路が切れるんだ。電子的なスイッチじゃないから中枢コンピュータも手が出せない」

おれは機械に感謝した。ヘリカーの墜落を防いだのも電子システムとは切りはなされた機械システムだったろう。

「機械は犬のように従順で、電子システムは猫のように狡猾だ」

「おれにいってるのか？」

「おや、おまえはネコなのかい」

「叔父はどうなったのよ！」

おれはハンカチで顔をふいた。「これ、きれいにして返すよ」

「いらないわ。それより――」

「ケイマ・セルもこうやって殺されたのさ、いまラテルがやられたように」

「でも、でも……いないじゃない。鍵がかかっていたのよ」

「入浴中にセルは殺された。そして浴槽の排水孔から外へ出されたんだ」

「なにをいっているのよ、栓はあんなに小さいのよ、どうして――」

「風呂といえば音波マッサージと超音波洗浄が思い浮かぶだろう、それを使ったんだ」

おれは胸くそがわるくなった。アプロの考えがわかったからだ。

「――この浴槽にも、ついてる。これを共振破砕駆動装置として使うのは不可能ではない。骨もばらばらさ。あとは栓をあけ、ゼリーを排出すればいい。排出しながら自動浴槽洗浄機能できれいにする。そんな自動装置もあるんだろう、自動栓があるところを見ると。自動給水栓から水を出しながら超音波洗浄するんだ、浴槽を」

おれはぶったおれそうになったヒミコを支えて、抱きあげると、階下へ向かった。

「浴室の鍵を壊しておかなかったのは犯人の落度だな」おれは考え、考え、ゆっくりと、高速言語をつかわずに、いった。自分がなにを考えているのかよくわからない。高速言語の速さに思考がおいつかないのだ。「アンドロイドを使ってでも浴室のドアはフリーにしておくべきだったよ、犯人側からすれば。時間はたっぷりあったはずだ。にもかかわらずやらなかったというのは、気がつかなかったからだろうか」らせん階段をおり、ラウンジの長椅子にヒミコを横たえる。意識はあった。「刻刻と変わるだろう破砕条件を測定し、微分方程式を立て、即時にそれを解いて、あの非力な超音波洗浄機を殺人ユニットとして作動制御するほどのやつが、どうしてこんなドジをふんだんだ？　まるで、ここで殺したから見てくれといわんばかりだ」

「人間とは思えない」アプロはホームバーのカウンターにとびのって、ウィスキーをとった。「生物ではないかもしれない。おまえがいうように、思考パターンがわれわれとはずれているような気がする」

「——となると答はひとつ。犯人は中枢コンピュータ、そのものだ。中枢コンピュータ《CC》がジャックされたのではなく、彼女《CC》自身が反乱をおこしたんだ」

ここは中枢コンピュータの腹の中という思いが再びわきおこった。ケイマ・セルはまさしく消化されてしまったのかもしれない。

「しかしアプロ、それなら動機はなんだ？　中枢コンピュータがセルを殺してどんな利益を得るというんだ？　おれには彼女《CC》が自らの判断でケイマ・セルを消したのだとは思えない」

アプロのついだウィスキーを持ってヒミコのところにもっていき、手渡した。

「ほんとに、殺されたの？　ほんとに？」

「敵《かたき》はとってやるよ。おれたちにできるのはそれだけだ。死者は還らない」

「生き返ったらこまる。海賊だらけになっちまう。中枢コンピュータも、ふえすぎた人間に悲鳴をあげて、都市機能の維持のために人間を整理したんじゃないのか。人間がふえすぎて、データをおさめるエリアがなくなってさ、発作的に一人分を消した。で、気がついてみると、データにない幽霊が市内を歩いている、それで粛清した、それがたまたまケイマ・セルだったとか」

「おれはどうも鍵のことが気になる」

「だからさ」アプロはウィスキーボトルを両手で投げてよこした。「そこはコンピュータのやることとさ。意外と抜けたところがあるんだ。コンピュータ心理学で習ったろう？　気分直しに一杯やれよ」

ウィスキーではなく、口直し《チェイサー》にラムでも飲みたい気分だ――おれたちはたしかに海賊を追うチェイサーだが、コンピュータとなると専門外なんだよなあ。おれはボトルを小テーブルにおき、ヒミコに尋ねた。

「叔父さんって、背の低い、小さな男だったようだね」

「え？」ヒミコは長椅子に伸ばした身をおこして、姿勢を正した。「ええ、そうね――そう、わたしと同じくらい――どうして」

「浴室にあったガウンさ。バスローブだよ。そうか、やっぱりな。大男だったら、あそこで殺された人間は叔父さんではなかったかもしれないといえたんだがな」

おれは玄関ドアに向かった。

「どこへ？」とヒミコ。

〝どこへ？〟高速言語でアプロ。〝訊き込みか。なにを訊くというんだ、ラテル〟

〝アプロ、浴室の鍵を調べてくれ。レイガンで撃たなかったから機構は保存されている〟

通常言語でヒミコにいう、「叔父さんのことを訊いてくるよ。きみは休んでいるといい」

「叔父を知っている人はいないわ。わたしがもう訊いたもの。叔父はね、あまり外には出なかったの。ときたま夜酒場へ行くくらいで」

ゆっくり休んでいろとおれはくり返し、通路に出た。

このアパート――ミスティコとかいった――には三十七戸あり、そのうち応答があったのは六戸だけだった。あとは空室か留守か居留守だ。独り暮らしが多いらしい。応対に出た顔はさまざまだったが、話はみな同じようなものだった。
カートライトさんをご存知ですか？　だれ？　この娘なんですが（写真を見せる）。あ
あ、この娘ね。叔父がいるのは知ってましたか？　ええ、まあ（知らないという者もい
た）。失踪したようなんですが。さあな、おれは見張り役じゃないぜ。
「小さな男でしたか」六番目の人間におれは訊いた。「カートライトさんは」
「カートライトさん？　フリーダのことかい。フリーダは女だよ」と中年女。「たぶんね、
女だ、見かけは。男だったのかい」
「いや、叔父ですよ、マイク＝カートライト」
「叔父さんね、そうね、たくさんいたみたいだよ」いやらしい笑い。「あの娘、ほれっぽ
い性質《たち》でね——あんたもそのお相手？」
「彼女、娼婦だったのか？」
「あたしはね、ほれっぽい娘だ、といったんだよ。フン、部屋につれてくる男はみんな
『叔父のマイク』って名まえだったんじゃないの」
「フム。で、フリーダはいつ出ていった」
「きのう帰ってきたよ。二、三週間見なかったけど。そうそう、叔父を知らないかって訊
かれたわ。どの叔父さんかと訊き返したら、怒っていっちまった」
「では、本物の叔父はいなかったというのか」

「なかには一人くらい、本物がいたかも。だけどさ、それならひどい叔父じゃないか、まるで紐だ。フリーダが出ていったのもそのせいじゃないの」

「彼は出ていかなかったわけだろう、顔を合わせたことはなかったのか」

「知らないね。ここでは他人の生活には首を突っ込まないのさ。みんな、脛にかすり傷くらいは負ってるからね。そうだ、あの娘、叔父という男を殺して、そいで逃げ出したんだよ、きっと」

「それならもどってくるわけがない」

おれは写真を出して見せた。

「フリーダって、この娘かい」

「そうだよ。もういいだろう。管理人に訊きなよ。あたしよりよく知っているだろうさ」

「おれが殺してしまったからな」チェーンのかかったドアからはなれる。「ありがとう」

女はおれのレイガンに目をとめた。「海賊?」

ドアがぴしゃりと閉まる。失敬な。海賊じゃない、海賊課だ。まあ、似たようなものだが。

おれは222号室にもどった。ヒミコは、自分が「ほれっぽい娘」であることを否定はしなかった。黙ってうつむいた。

「きみがここでなにをしていようと、おれには関係ない。きみが海賊でないかぎりは」

「叔父のこと……なにかわかりましたか」

「いや、ぜんぜん」

「くわしく知ってるやつは全員消されたんだろう」長椅子に丸くなっていたアプロが顔をあげた。「粛清システムでさ。ケイマ・セルと同様、なんの痕跡もなく」

「もう、聞きたくないわ」ヒミコは訴えるようにいう、「早く出ましょう、ここから」

〝よく考えろよ、アプロ。セルにどれだけの友人がいたか知らんが、その友人の、そのまた知人がいるだろう、さらにその知人というように、セルひとりの存在を消すには結局この市民全員を、さらに全世界を、消さなければならなくなるかもしれないんだぞ〟

〝コンピュータならやりかねん。彼らの考え方はおれたちとは違う。実行可能だと判断したから実行したのではないか。ケイマ・セルは海賊から隠れるために多くの友人はもたなかったろうし、友人にもそんな人間を選んだのさ〟

〝ヒミコは？　彼女が消されなかったのは、じゃあ、彼女はコールガールという商売から、知人をたくさんもっていたからだというのか？　彼女を消せば手に負えないほど多くの人間を消却しなければならないから、この娘には手が出せなかったと？〟

〝正解。だがこれからやるかもしれんし、やりつつあるのかも〟

〝おれたちも知人をおおぜいつくっといたほうがいいかなあ〟

〝おれたちの棺をかついでくれる人間なんていやしないよ。ラテル、死ぬときは無重力空間で死ねよ。おれひとりでは地上の棺はかつげないからな〟

「縁起でもないことをいうなよ。おれの前を横切るな、この、黒ネコ！」

「いつまでここにいるの——出たいわ」

「中枢コンピュータがすんなり出してくれるかどうか」アプロが楽しそうにいった。サンルームへ駆けていき、外を見る。「もう、なりふりかまわずおれたちを消しにかかってくるぞ。消したあとは浴室に入れて分解し、おれたちは市内に入らなかったと市入出管理ファイルの内容を書き換えるんだ。同僚の海賊課刑事はそれを信じて市内には調べに入ってこないし、きたとしたら、同じ手でやられる。海賊課刑事がひとりふたりと減っていき、海賊は喜ぶ」

「じゃあ壊して」ヒミコは命令口調でいった。「狂った機械は破壊すべきよ」

「しかし、あれを破壊すると都市機能はどうなるかな。中枢コンピュータが停止すると、その間に下位コンピュータが暴走するといけないというので、すべてのコンピュータが止まるようなシステムになっているとすると、大混乱がおこる。死者も出るかもしれない」

「海賊課のやることだもの、だれも文句はいわないわよ。いえないんでしょう？」

「海賊が相手のときはな」おれもアプロのいるサンルームへいく。作戦をねらなければならない。「しかしこの事件はそうではないかもしれない。そんな危険はおかせない」

「空調やエネルギー管理、給電システムのような植物的機構は止まらないだろうさ」

「市当局に中枢コンピュータの検査をすすめよう」

「ばかな。中枢コンピュータ自身が拒否するよ。多重監視システムが中枢コンピュータを異常だといわないかぎり、おれたちに耳をかす者なんかいやしないよ。こういう危険をぶっつぶすために、おれたちがいるんじゃないか」

〝いちおう中枢コンピュータが狂っているかどうかをたしかめたほうがいい〟

〝どうやって？　ラテル、中枢コンピュータが海賊に乗っ取られているのであれ、彼女《CC》自身が暴走しているのであれ、外観からはたしかめようがないんだぜ。脳みそを外から見ても思考内容がわからないのと同じだ。中枢コンピュータがなにをしているのか、それで判断するしかない。ラテル、ケイマ・セルの記録のすべてを消すのは中枢コンピュータにしかできないのだし、そのうえおれたちまで消そうとしている、それだけで十分じゃないか〟

〝いや〟おれはヒミコを振り返った。ヒミコは長椅子の背にもたれかかり、腕を額にあげて、目を閉じていた。〝ヒミコが嘘をいっている可能性もある。――浴室の鍵はどうだった？〟

〝べつだん、変わったところはなかった。――見せかけだと思ったのか？　なんのために、そんなことをする必要がある？〟

〝ケイマ・セルがたしかにここにいて、たしかにここで殺されたと、おれたちに信じ込ま

せるためだ〃
〃たしかに、あそこで死んでるよ〃
〃おれは、殺されたのはヒミコだと思う〃
〃なんだ？　じゃあ、あそこにいるヒミコはだれだ〃
〃偽物ならば、海賊だろう。ケイマ・キャラバンを襲った一味だ。ケイマ・キャラバン事件をよく知っているからな〃
〃しかし、なんのために？〃
〃わからない。――アプロ、おれは可能性をいっているんだ。あの娘が偽物だとは思いたくない――たしかな証拠がないかぎりは〃
〃ではこうしようじゃないか、とにかく中枢コンピュータは破壊する。それで解決すればよし、それが見当ちがいなら、そのあとでなにかがおこるだろう。それに対処すればいいだけのはなしだ〃
いかにもアプロらしい考え方だ。「そうだな。とにかく疑わしいものから排除していくか」おれはヒミコに近づき、腕をとった。インターセプターに、海賊課の対コンピュータ・フリゲートの支援を求めるように命ずる。コンピュータ殺しを専門にする宇宙戦闘艦だ。名はラジェンドラ。「ラジェンドラ、アモルマトレイ上空で待機しろ」インターセプターのディスプレイ面に了解のサインが出る。

ばかだな、とアプロにいわれた。「ラテル、そんな通信、中枢《C》コンピュータ《C》が中継するわけがない。インターセプターの通信は中枢コンピュータがそれこそ横取り《インターセプト》してしまってるよ。回答も彼女《CC》が用意した偽物だろう」

そういわれてみれば、そうだ。

「くそう、なにを信じればいいんだ――この市には幽霊がいっぱいだ」

「なにしろ古い街だからな。ラテル、行こうぜ。おれたちの手でやるしかない」

「こんなことなら悪魔祓い師の免状でもとっておくんだったよ」

コーン・ウィスキーのボトルをとり、ラッパ飲み。

〝ラテル、伏せろ！〟

銀色の物体をサンルームの広いガラスのむこうに見た。ボトルを手にしたままおれは腰をおとす。窓ガラスが粉砕され、きらめきながら散弾のように室内にとび散る。レイガンを抜く。ガラスを突きやぶって入ってきたのはロボットだった。アンドロイドではない、銀色の蜈蚣《むかで》型ロボットだ。

〝アモルマトレイの天井機構を保守するやつだ。気をつけろラテル、そいつは囮だ。ドアを撃て〟

　ドカンという爆発音とともに機械蜈蚣が溶接ビームを発射してきた。床を転がりながらビームをかろうじてよけ、レイガンをドアにむけて発射。ドアが吹き飛ぶ。最大出力のレイガンの威力はすさまじい。黒煙が室内に入り込み、一瞬後、音を立てて煙に火がついた。

そのとたん、爆風が炎を吹き消している。

「ちくしょうめ」顔やジャケットがまっ黒けだ。「おれの一張羅をこんなふうにしやがって。どこのどいつだ」

ヒミコの悲鳴がまだつづいている。アプロがヒミコの目の前でヒゲを引っぱって、にっと笑ってみせた。わっ、いやなものを見てしまった。ヒミコの悲鳴はおかしなしゃっくりのような音を最後にとぎれる。

機械蜈蚣はアプロのインターセプターに頭脳部を破壊され、あおむけになって無数の足を無意味に動かしている。

廊下に出て、おれが撃ったものを調べる。

溶けた金属ドアの破片が水玉のように廊下一面にとび散っている。そのなかに、ばらばらになった死体片がまじっていた。黒焦げの肉体のなかにはまだ炎をあげているものもある。対面の壁には撃たれた瞬間肉体から噴出した体液が、まるで真空蒸着されたもののように乾いたしみとなっていた。赤黒い色ではなかった。緑の蛍光色。アンドロイドだ。

調べていると廊下に並んだドアの一つが開き、男の罵声がとんできた。

「うるせえな。何時だと思ってるんだ」

そして空カンのようなものが投げつけられる。おれは反射的に——止めようと思ったときは遅かった——レイガンでそれを撃っている。空カンは空中で蒸発して霧になった。

「まいどおさわがせ。海賊課です」

ドアが派手な音を立てて閉まった。

「アプロ、行くぞ。中枢コンピュータをぶち壊す。頭にきた」

ヒミコをつれてアプロが出てくる。

「その前にクリーニング代でも請求したらどうだい、ラテル。それにその顔さあ」

「笑うな。気持ちわるい」

これはもう戦争だ。しかしこちらの武器といったら、レイガン一挺とインターセプターが二機だけだった。普段なら絶対的な味方になってくれるコンピュータ群の支援はない。敵がだれなのかまったくわからない。姿を見せない敵におれは焦った。敵が中枢コンピュータを操っているのはほぼ間違いなかった。しかし中枢コンピュータブロックまでたどりつけるかどうか、正直いって自信なかった。その前まで行ったとしても、その区域の防護はただでさえ厳重なのだ。

用心しつつ階段をおり、管理人室に入る。

アモルマトレイの地図を捜す。コンピュータ・サービスのディスプレイがあるが、コンピュータはあてにはならない。しかし結局はそれに訊くしかなかった。

「アプロ、中枢コン区への最短距離を割り出せ」

「わたしがやるわ」ヒミコが言った。「よく知ってるもの」

おれたちはヒミコにまかせた。

「北ラベリント324、321、C3、ラベリント045、021、C4、TT567、中央区003、001、中央行政区114、119、CC208、CC609、0007 3、00000、の順」

「はるか遠くというかんじだなあ」

「地雷の埋まった敵地にのり込む気分だ。アプロ、生きて帰ることができたら七面鳥をおごってやろう」

「七面鳥ってなんだい」

神経をレイガンを握る右手に集中し、ミスティコの外に出る。

「尻の毛を抜かれすぎて風邪をひき、絶滅した地球の鳥さ」

「そいつは気の毒。〝右、二人だ〟」

すでにレイガンがそいつをぶち抜いている。

「で、その鳥、うまかったのかい」

「さあな。食ったことはないよ。なにしろ図鑑は食えないからな」

〝上だ〟

〝撃ちおとしてからいってもしょうがないんだよ、アプロ〟

アンドロイドが地上に落下していやな音をたてる。手にレーザーガン。

「まったくラテルの銃さばきは天才的だな。大出力のレイガンをまるでポケットピストルのようにつかう」

「食わんがためさ。これで飯を食っているんだ。いつまで食えるかが問題だ」

ヒミコの手をとり、走る。小路を出て、車を探す。よれよれの車しか駐まってない。アプロが、適当なのを見つけるからといい、駆けていく。おれはミスティコに通ずる小路を振り返った。アンドロイドの死体が転がっている。小路は静かだ。人の気配がまるでない。ゴーストタウンのようだ。

「車は危ないんじゃない」不安そうにヒミコ。「墜ちるのはいやよ」

「おれもさ」

何度も墜とされてたまるか。試験じゃあるまいし。

アプロがおいでおいでをしている。やつは天才だ。失業したら車どろぼうで食っていけそう。

キャノピの開いたヘリカーにとびのり、キャノピがおりるのももどかしく急発進。交通係を激怒させるスピード。もっとも、いちばん頭にきたやつといえばこのヘリカーの持ち主だろうな。

北ラベリント324をあっというまに抜ける。とび込んだ321区はにぎやかな商店街だった。空中交通も激しい。自動誘導を切ったヘリカーを忙《せわ》しく操る。

〝ラテル、うしろ〟

〝わかってる〟

暴走車はおれたちだけじゃなかった。追走してくるやつがいる。キャノピが、かっと赤くなり、全面にひびが入ったかと思うと粉粉になった。うしろから狙い撃たれたんだ。

「くそったれ。安ヘリめ」モーターの調子がおかしくなる。「だめだ」

人込みへと突っ込みそうになる。通行人の悲鳴。人人が逃げた空白にかろうじて着地。ヘリカーをとびおりる。そこへ追撃してきたヘリカーが体当たりしてきた。間一髪だ。爆発炎上する。付近は大混乱におちいった。

「また墜ちた」

「こっちよ、早く」

いさましいヒミコの声。おれはヒミコにとびかかって地に伏せる。集まってきた野次馬のなかのひとりが銃口をこちらにむけていた。引き金を引こうとしているのを認めて、レイガンを発射。精密モードだ。そいつがくずおれる。野次馬がまた声を上げて逃げ出す。逃げ出すと見せかけた、もうひとりの敵。ぱっと視野に赤い色。おれのすぐそばの路上に赤い肉片のようなものが散った。応射。命中。

〝アプロ〟

アプロが殺られた。と思ったが、赤いのは西瓜だ。八百屋の前だった。せっせとそいつにかぶりついているアプロの首筋をひっつかみ店内に避難する。

「食い意地のはったネコめ。心配させやがって。ネコのくせに西瓜なんか食うな」

店の奥に人気《ひとけ》を感ずる。客はみんなとび出していったのだが。おれはとっさに、銃のスイッチをマスキングに入れている。店の親父だった。アプロとおれのインターセプターが彼の殺意に反応しそうになったが、レイガンから発信された信号波が攻撃中止を命じ、かろうじて親父は殺されずにすんだ。おれは親父が銃を構える前にとびつき、そいつを奪いとる。サイレンの音が近づいてくる。市警のおでましだ。

「出ていけ海賊め」

海賊のような大男の親父がどなった。それにこたえている暇はなかった。市警の連中がいきなり発砲してきた。銃撃戦になる。なにしろ「海賊課だ、話せばわかる」などという声を市警の連中はぜんぜん信じないのだ。あるいは知っていて、殺そうとしているのかもしれなかった。しかしはっきりしない。真の敵がだれなのかわからない。だから警官を撃つことはできなかった。冷汗がでてくる。

〝全市が敵なのか〟

〝たぶんな〟とアプロ。〝こいつはアモルマトレイと海賊課の戦争だぜ。出られたら機動戦闘艦の４Ｄブラスタで時空のかなたへ吹きとばしてくれる〟

〝ばかな。全市が敵だって? どうやったらたしかめられる? 本当に中枢コンピュータは狂っていると思うか?〟

ヒミコが嘘をついてなければ、真の敵が海賊であれ市全体であれ、中枢コンピュータがわれわれを殺そうとしている犯人の仲間であることはたしかだった。しかしヒミコが万一嘘をいっておれたちをここに誘い込んだのだとすると、中枢コンピュータやあるいは市警もまったく無関係だとも考えられた。もしそうだとするとヒミコの動機はなんなのだろう。このヒミコが偽物なら、海賊だが。

しかしどうすればそれをたしかめられる?

おれは店の奥に後退した。アプロがラムのボトルを両手に持ち、やけ酒をかっくらっている。

〝やめろアプロ〟

〝どうしてだ。こうなったらここにたてこもろうぜ〟

〝アホか。ネコがトラになったら目もあてられん。脱出するぞ〟

店の裏口のドアをけとばす。びっくりした顔の警官が二人。アプロがすかさず警官の心を凍結する。二人の警官はびっくりした顔で突っ立った。おしのけて裏通りに出、駆ける。

〝ヒミコが敵か味方かわかればな〟

〝手はあるさ。奥の手だ。海賊課の〟

〝使いたくはない。また海賊課への風当たりがつよくなる。チーフの怒った顔がいまから目の前にちらつくよ〟

〝ラテル、見ろよ、前方。敵はこのブロックにおれたちを閉じ込める気だぜ〟

ブロックとブロックをつなぐ門の部分、その縦に長い四角の口が、せばまりつつあった。このブロック全体が水平方向に移動しているのだ。過去の都市機構の一部だろう。非常事態が発生した場合には特定のブロックを都市から切り離し、隔離できるようになっているんだ。

天井が暗くなった。空が消えた。天井に雷のようなスパークが走る。すごい音だ。非常照明がつく。黄色っぽい光。天井の機構がむき出しになった。縦横にパイプやら構造体が走っている。

「早く、ヒミコ、走るんだよ」

〝ラテル、ともかく中枢コンピュータを殺そうぜ〟

〝そこまで行けるかどうか〟

天井からきらきら光る物体が滑空しておりてくる。機械蜈蚣だ。四匹。おれはレイガンのエネルギーカートリッジを入れ替え、狙い撃つ。破片が空からふってくる。ブロック内は完全に恐慌状態だった。わけのわからない叫び声をあげながら、赤ん坊を抱いた女や、子供や、善良な市民が、もうおれたちには目もくれずにブロックの出口へ殺到する。

とても出られそうにない。おれたちは人人をさけ、ブロック天井へとつづく鉄パイプラダーをのぼりはじめる。

「ヒミコ、下は見るな」

天井付近はきな臭い。暗い。天井点検用キャットウォークに出る。

「非常ハッチがあると思うわ。ほら、あっちよ」

「くわしいんだな」

人人が小さく下に見えている。警官たちもいっしょになって騒いでいる。かと思いきや、二、三人がラダーをのぼってくる。見上げた根性だ。

ハッチについたでかいホイールを回そうとしたが、動かない。ロックされている。二十メートルほど後退し、大出力レイビームでぶち抜く。

先は地下下水孔のような狭い通路だった。通路の口はこちらの入口孔とはずれていたが通れないほどではなかった。入り込み、マンホールの蓋をあげる。別ブロックの路上に出た。ぎょっとした顔の女に、「こんにちは」とあいさつ。ここはかなり上流階級区のようだ。

「あなたたち、なんなの」

「その猫の毛皮は似合わないな」

「フリーズ《うごくな》」とアプロ。「金を出せ。じゃなかった、車を貸せ」

女はやめてやめてといいながらふるえる手で赤いスポーティ・ヘリカーを指す。銀行や商社ビルが並ぶ街路だ。

「ありがとう」

ヒミコを助手席におし込み、スタート。

いくらも行かないうちに新手の追手がくいついてきた。パトカーに似てるなあ、とアプロ。「警察かな」

「いま自分は生きているらしい、信じられるのはそれだけだ」

「アンドロイドの追手だろうな。スピードをあげろ、追いついてくる。もっと速く！　わ、危ない、ぶつかる、速すぎるよ、なにをのんびり走ってんだ、もっとスピードでないのか、近づいてくる――」

「やかんしい、このネコ、わめくな」

「どこへ行くの。中枢コンピュータはこっちじゃないわ」

「きみをまず安全に外へ出そう――どこか、市外に出られるところはないか、この辺でいちばん近いポートは、どこだ」

ビジネス区を抜ける。巨大な縦穴空間に出た。暗い。ライトをつける。垂直上昇。あちらこちらに明るい窓がある。窓じゃない、各ブロックに通ずる連絡口だ。ここは分岐空間らしい。どんどん上へ行くと光のある窓はなくなった。

「上は捨てられた区域よ。大昔、宇宙船が発着したポートとか、いろいろな施設があるらしいわ」

「ラテル、まだ追ってくる。しつこいな――適当なところにとび込め」

小さなトンネルのような口が見える。そこへ入れた。けっこう広い。行き止まり。ライトはつけたまま、モーターは切る。

「エアロックか。ヘリカーは通れないぞ。どうするんだ、ラテル」

「降りよう」

「ここは宇宙グライダーの発射場よ、昔の」

壁に電源スイッチらしきものがある。まさか自爆スイッチでもあるまいから、入れてみる。反応がない。この区域には給電されていないのだ。

「アプロ、ためしにインターセプターで中枢コンピュータに頼んでみろよ」

「だめだろうさ」といいながらも、アプロは配電板の番号を告げて、通電しろと命じる。

「あれ？」

照明がついた。エアロックの使用状態を示すディスプレイも輝いた。ボタンを押す。ドアが開く。中はエアロックで、外に通ずるドアがみえる。その向こうは火星大気だ。昔は宇宙服なしでは出られなかった。いまは平気だ。気圧差はない。

「罠かな」おれはエアロック内に入る。「まあ、やらせておくさ」

ヒミコとアプロも入ったのをたしかめて、入口のドアを閉じる。レイガンを抜き、外気側のドアに向けて、引き金を引く。出力はしぼっているのだが、狭いエアロック内はすぐに暑くなる。ドアにレイビームで楕円を描いて、足で思いきりけとばす。成功。昔なら空気が失われてあの世いきだが、いまは大丈夫。いい気持ちだ。

「なにもレイガンを使わなくたって」

「いや、これでいいんだ」アプロはエアロックを出て、いった。「これで追手は入口のぶ厚いドアを破壊しないかぎり入ってこれない。時間がかせげる」

「どうして――」

「気をつけて」まだドアは熱い。ヒミコに手を貸す。「――このエアロックは壊れたわけだろう、ならば入口のドアは絶対に開いてはならない、昔ならあのドアを開けば市内の空気が逃げてしまうからだ。安全装置があるはずだよ。二重三重の防護システムの中には中枢コンピュータとは独立したやつもあるだろうさ」

「壊すのなら、こちらに出てからだって――」

「空気を抜かれても生きている自信があるとでも？」おれにはない。

カタパルトがある。わずかな仰角をもち、五十メートルほど伸び、その先はシャッターで閉ざされている。カタパルトの上には銀色の宇宙グライダーが準備されていた。長い翼を昆虫のようにたたんで、細長い。射出されると翼を広げるのだろう。

「こいつで飛べ」アプロがヒミコにいう。

「……いやよ」

「追手が迫ってる、これは命令だ」とアプロ。「おれたちが防ぐから、その間に出るんだ。〞奥の手をつかおう、ラテル〞」

〞わかった〞

真の敵がだれなのか、中枢コンピュータははたして本当に狂っているのかどうか、すべてはこのヒミコが本物かどうかにかかっている。しかしおれたちはこの女の正体を悠長に調べている余裕はなかった。もう、最後の手段しかない。

〞やるしかないな。正常な中枢コンピュータを破壊したら大惨事になるだろう。アプロ、このヒミコは十中八九、海賊だぞ〞

〞どうでもいいから早くやろうぜ〞

おれはカタパルト制御コンソールに近づいた。メイン・スイッチをオン。宇宙服を着た手でも楽に操作できるようにか、すべてのスイッチ類が大きい。なんだか自分の身体が縮んだように錯覚させるパネルだ。

ランプが点灯し、警告の文字がコンソールディスプレイに出た。

〈現在このシステムを使用すると火星連邦空中交通法違反により処罰されます〉

中枢コンピュータからのメッセージだ。コンソール上のモードスイッチを自動から手動に切り換える。ディスプレイ上の文字が変わる。発進手順が示される。

「アプロ、まかせる」

「あいよ」

「おいで、ヒミコ」

コクピットにヒミコを乗せる。二人乗りだ。コクピット内の計器はあっさりしている。照明されていた。生きているのだ。機体とカタパルトが太いコードで接続されている。エネルギー供給線だろう。かなり旧式だ。コクピットをもう一度のぞき込み、エネルギー計を見る。三分の一ほどだ。手を伸ばして、飛行用補助モーターを始動。

「墜ちないでしょうね？」

「自動誘導装置を入れなければ乗っ取られることはない。あとはきみの腕しだいだ。アプロをつけようか？」

「いいえ、いいわ。ヘリカーを操るより易しそうだもの」

そしてヒミコは、切実なまなざしで、おれに敵《かたき》をとってくれ、といった。

「中枢コンピュータを壊してくれるわね？」

「ああ」おれはヒミコの腕をとった。「おれたちが殺られたら、ラジェンドラに敵をとってもらう。ラジェンドラ、これは遺言だ、中枢コンピュータを破壊しろ」頼みはインターセプターだけだ。「敵はとってやるよ、ヒミコ、必ず。約束する」

ヒミコは安堵の笑みを浮かべた。おれは下がった。キャノピが閉じる。ヒミコが手を振った。

「発進五秒前」とアプロ。

シャッターが開く。火星の午後のものうい光が、それでも人工照明に慣れた目にはまぶしく、射し込んできた。

「それ行け」

接続コードが機体から切りはなされて、はねる。宇宙グライダーが白煙とともにシャッター孔へ突進した。おれは思わず身がまえた——一瞬後、グライダーは火星の大空に向かって投げ出されていた。無事に。

白煙は埃だ。アプロは目を細めてシャッターからのぞく空を見ている。アプロのインターセプターはヒミコの腕のおれのそれと直接交信し、追跡している。直接暗号通信だから、中枢コンピュータはそれを妨害はできても通信内容を自分につごうのよいようなものに変えることはできない。

「感度はあるか、アプロ。妨害は?」

「すべて異常なし——どうやらおまえの推理が正解だったようだな。あの女は海賊だぞ」

「やっぱりな。行くぞ、アプロ」

レイガンを抜き、ドアを撃つ。少少手こずったが、どうにかあけることができた。向こう側にいる連中の安全を無視すれば簡単だったのだが。

「またあんたたちか」市の入口で顔を合わせた警官だ。「そうだろうとは思ったが。海賊課でなければこんなことは――いったいなにをやってるんだ？」

「金魚掬《すく》いでもやってるように見えるか？」

「こい、アプロ」おれは赤いヘリカーにとび乗る。「おまわりさん、話はあとだ」

自動誘導装置を入れる。アプロがインターセプターを介して中枢コンピュータに緊急誘導を頼む。ヘリカーはヒミコをつかまえるべく猛然とダッシュ。

「ラテルの運転のほうがましだ。大丈夫か、中枢コンピュータにまかせて」

「一〇〇パーセントの確信はない。だめならラジェンドラが敵をとってくれるさ」

「あのヒミコが偽物だとすると――ケイマ・セルはどこにいる？」

「ケイマ・キャラバン事件のときに殺されているんだ。脱出できたのはヒミコひとりだったのさ。ここにはヒミコがひとりで暮らしていたんだ。いや、いろいろな恋人といっしょに、かな。住民には『叔父のマイクよ』といっていた男たちと」

「しかしラテル、あの女海賊はなんでこんな手のこんだ芝居をしたんだ？　ばかげてるよ」

「そうかな。この巨大都市がそっくり手に入るなら、顔を変えてヒミコになりきることくらい、安い芝居さ」

「なに？」

「おれたちは、このアモルマトレイが中枢コンピュータ自身なり海賊なりに、すでに乗っ取られているかもしれない、と考えていた。そうじゃなかったんだ。あの偽ヒミコの一味がこれから乗っ取ろうとしていたのさ。それには中枢コンピュータを手に入れなければならない。しかしそれを正面からジャックするのは不可能だ。チャンスがあるとすれば、中枢コンピュータ・システムを入れ替える、そのときだけだ。そのとき、われわれのインターセプター・モニタやさまざまな監視装置をあざむく機能をもった海賊版システムとすり換えればいい」

「じゃあ、勝手に自分たちで中枢コンピュータをぶっ壊せばいいじゃないか、そうしておいて——」

「いや、それではまずい。合法的な手段でなければ、なぜ中枢コンピュータが壊されたのかなどと警察に嗅ぎまわられたりでやりにくくなる。われわれに、この市の中枢コンピュータは狂っていると思い込ませてそれを破壊させられれば、これがいちばんいい手だ。わかるだろう？」

「おれたちは利用されてたのか……なんでこんなアホな手に引っかかったのかなあ」

「引っかからなかったじゃないか」

「まったくタイミングよくヘリカーを墜とそうとし、アンドロイドを動かしたよ——おれはてっきり——そうだよなあ、あのヘリカーを借りてきたのはヒミコだし、アンドロイドは作動プログラムをちょいと変え、浴室も細工するのはたやすい――ばかにされたものだ」

「気をおとすなよ、相棒」

緊急射出孔らしきところから吐き出される。火星の砂漠はいまも赤い。昔と同じだ。しかしいずれ変わっていくだろう。

「たとえおれたちが中枢コンピュータを破壊したところで、やつらの思うようにはいかなかったさ。おまえが阻止したろう」

「おれが？」

「中枢コンピュータを破壊したあとでなにかがおこる、そういったじゃないか」

「……あまり自信がない」

おれはアプロのヒゲを引っぱって元気をつけてやった。

「とにかくこの市の体制は古い。そろそろ改めてもいいころだ。時代は移りゆく。流れに逆らうものは危険だってことさ」

砂漠の上に大きな影をおとして飛ぶ、四枚のトンボのような翼を広げたグライダーを肉眼でとらえた。急速接近し、並行して飛ぶ。おりろ、と手でサインを送る。「おりろ」とアプロが口頭で命じた。ヒミコの腕のおれのインターセプターに伝わったことだろう。おれた宇宙グライダーは不時着した。おれもヘリカーを下ろした。ヒミコが出てきた。おれたちも降りる。

「早かったのねえ？」

「ああ。もうおしまいだよ。きみの名は？　海賊だってことはわかっているんだが」

「わたしはヒミコよ、生体波パターンを調べてもらえばすぐわかるわ」

「さすがは海賊、生体波パターンまでコピーしたのか」とアプロ。

「なにをいってるの？」

「中枢コンピュータは正しかった。となると嘘をついているのはきみだ。ケイマ・セルはもともと市内にはいなかったんだ」

「どうして信じてくれないの……やっぱりあなたたちも、結局はわたしを悪者にするのね」

おれは困惑する。どこかで推理が狂ったのか──「そうか、きみは心を凍結させられているんだな？　嘘をついている自覚がないんだ──アプロ、解凍できるか？」

〝おれの種族にもわるいやつがいるってことを忘れてた──他人が凍結した心は解凍しにくいんだ。どの程度のレベルか、よくわからないし──ほんとに凍結されてるのか？〟

アプロは野獣のように低くうなった。ヒミコは本能的にアプロの方を見た。目が合う。

ヒミコは目を伏せて、うつむく。そしてゆっくりとあげた顔には、海賊だとひと目でわかる笑みが刻まれていた。

「だめだったか……あなたたちを見たとき、これならうまくいくと信じたんだけど。どうしてわかった？」

「エアロックのところでインターセプターを使って電源を入れることができたろう。それが中枢コンピュータの罠なら、エアロックで、あるいはグライダー格納庫で、なにか仕掛けてくるに違いないと思った。外を蝿のように飛びまわってるヘリカーの一機を誘導し、シャッターをぶちやぶって突っ込ませてくるとか。しかしなにもおこらなかった。それどころかきみを無事に発進させた」

「発進直後、シャッター・コントロールをフル・オートに切り換えたんだ」とアプロ。

「中枢コンピュータはそれを閉じようと思えばできたのさ」

「おれがもし海賊や狂ったコンピュータの立場だったら、『中枢コンピュータに殺られた、敵をとってくれ』とがなりたててるインターセプターなど、絶対に外には出さん。そう、きみの腕にはめている、おれのインターセプターだよ、ずっと発信していたんだ。中枢コンピュータの使える海賊ならその発信を傍受できたろうし、どんな手を使ってでもそのインターセプターを、グライダーを破壊しようとするだろう。たとえきみが仲間だとしてもね。あの時点で十分そのメッセージごと三人を消せたにもかかわらず、きみは無事に出ていき、そしてここにいる」

〝しかしラテル、あの場合、海賊が意識的にこの女を逃がした、とも考えられたぜ。そして中枢コンピュータと引き換えにおれたちを殺す、おれたち二人を消すのが主目的だったとも〟

〝その確率は低かったよ。もし海賊が中枢コンピュータをすでに手に入れていたのだとすれば、そんなにもったいないことをするはずがない。闇から闇へ葬るチャンスはいくらでもあったのだから。また、中枢コンピュータを手に入れていないでこんな芝居をしたのだとすれば、やはり中枢コンピュータをわれわれに破壊させるのが目的なのだとしか思えなかった〟

あれを見ろ、とおれは空の一点をさした。女海賊は空を仰いだ。

「ラジェンドラか」

一番星のようにアモルマトレイ上空で輝いている、対コンピュータ・フリゲート。無人のロボット艦だ。われわれの同僚といってもいい。ユーモアのセンスさえあるんだ。ぜんぜん異質のユーモアだが。

「あの距離からでも一瞬で中枢コンピュータを破壊できるわね――破壊したの？」

「海賊の罠にはまってたまるか」アプロ。「ラジェンドラはおれのインターセプターからの直接通信でおれたちが生きているのを知り、攻撃はしなかったんだ」

「確信なしで中枢コンピュータを破壊することはできなかった。そこでおれたちは、『敵をとってくれ』というメッセージをもったきみがどうなるか、生きて出ていけるか否かに注目したんだ」

「わたしを……囮にしたというわけか」

「囮じゃない。指標《インジケータ》だ」

「指標なら、インターセプターだけを射出すればよかったじゃないの」

「そうすればきみはおれたちの意図に気づいたかもしれない。グライダーに細工して、墜落させたかもしれない——そうだろう？」

「……わたしが殺されたら、中枢コンピュータを破壊した？」

「ああ」

「わたしが善良な娘でも、見殺しにしたのね」

「もしきみが殺されたら、きみの正体は不明だった。海賊が仲間を消したのだとも考えられるから。いずれにせよ、重要なのはきみが善人か悪人かではなく、生きて出ていけるかどうかだったんだ。もしきみが死んだら——」

「自由と平和のための犠牲になられました——というわけか。おまえたちは宇宙の死神よ！」

「おれたちは海賊課さ」

　女海賊の手が動いた。おれはとびすさりながらレイガンを発射した。しかしおれが撃つより早く、インターセプターから放たれたレーザーが彼女の額に命中していた。アプロの首輪と、女海賊の腕のおれのブレスレットが、彼女の殺意に反応したんだ。女海賊は自殺したのかもしれない。彼女の身体は見えない大きな手で突きとばされたように後ろの宇宙グライダーにあたり、ほんの一瞬その姿勢で立っていたが、すぐに力つきた老婆が腰をおろすように地にくずおれた。グライダーの翼が大きく揺れる。

パトカーがやっと追いついてきて、止まった。降りてきて警官が女海賊の死体を見た。

「殺したのか。この女は海賊なんだな？　しかし無抵抗の女を殺すとはな。海賊課か。あまりきてもらいたくないな、あんたたちには」

「市内にまだ仲間がいるかもしれない」レイガンをおさめる。「手伝ってくれるか」

「いたとしても彼らが市内で犯罪をおかさないかぎり、われわれには関係ないね」

「税金どろぼうめ」とアプロ。「そのうえ、海賊からいくらもらっているんだ」

「なんだと」

「やめろよ、アプロ。――あんたたちがその気なら捜査の協力要請はしない。そのかわりあんたらもわれわれのやることに口出しはするな。いいな？」

おれは名もつげずに死んでいった女海賊の腕からインターセプターをとり返した。ヒミコ、敵はとったぜ。本物のヒミコと約束したわけではないのだが。おかしな気分だ。

「行こうか、アプロ」

赤いヘリカーに乗る。発進。ピンクの夕焼けだ。アモルマトレイは逆光で黒い。巨大な墓標のようだ。

「ラテル、なにを考えてる？」

「あててみろよ」

「あの女海賊のことだろう。それともヒミコのことかな、海賊に殺されたかわいそうな娘。でなけりゃ、ラテル、わかってるよ、海賊課刑事なんてやめようかと思ってるんだ。いや、やめられない、海賊がいるかぎりは、とも思ってる。だろう？　人間の頭って複雑だな。おれなんか海賊退治ほど面白い商売は他にないと思ってるぜ」

「フムン……ネコのショーはやれなかったな」

「なんだ、それ？」

「市に入るときネコのショーをやりに、といったろう――ネコつかいのアルバイトでもやるかな」

「へえ、ラテル、ネコをつかえるのかい、どんなネコだよ」

「ここにいるじゃないか。それともおまえ、ネズミの相棒を見つけたからおれはいらん、などと薄情なことはいうまいな、え？　雄猫《トム》くん」

わが名はジュティ、文句あるか

1

船がなにか得体の知れない力に捕捉されているということに最初に気づいたのは、航海士のマージェリーだった。

船団の針路がずれ始めている、と彼女から知らされたとき、わたしは司令船ではなくコンテナ船C4で戦果を確認しているところだった。

その連絡を受けたわたしは苛立った。うまくいかないときはなにもかもがこちらに敵意を持っているかのように作用するものだと、マージェリーに八つ当たりするのをこらえきれなかった。

「どういうことなのよ。ずれているなら修正すればいいだけのことでしょう。自動航法装置の故障なら、なんとかしなさいよ。あなたの仕事でしょう。なにをやっているの」

『でも、キャプテン』とマージェリーはわたしを名ではなく、船長、とあらたまって呼んで、続けた。『トラブルシュートしてみても、故障箇所が発見できない。原因がよくわからない』

「針路がずれているのはたしかなの」

『たぶん』

「たぶんですって。なんなのよ、それは」

『とにかくここに戻ってきてよ。なにかおかしい。航法データに誤りはないのに、実際の針路が微妙にずれるのよ。あるいは針路は正しいのに航路ディスプレイの表示だけがおかしいのかもしれない。それを確認するには肉眼による精密天測が必要だけれど、手が足りない。補正データの入力をしても、しばらくすると針路がまたずれ始める。もしディスプレイ上の問題にすぎなかった場合、補正データの入力は、かえってずれを大きくするだけよ。補正データを入力し続けるのは問題を大きくするかもしれない。原因不明なのが気に入らない。いやな予感がする』

「進路に障害は？」

『いまのところなにもない』

「では針路は現状を維持。針路補正は必要ない。スラスタ制御を中枢航法コンピュータから切り離せ。操船手段を完全手動にしておいて原因を突き止めろ。わたしたちもそちらに引き上げる」

『了解。慣性航行。緊急停船手段をとりたいところだけれど、いま加速度を与えるのは問題をこじらせるだけの気がする。そちらからの連絡艇が迷子になって戻れない可能性もある。急いで。未知の宇宙嵐の前兆かもしれない』

「わかった」

マージェリーが感じるいやな予感というのは無視できない。彼女は優秀な航海士だ。宇宙という大自然の脅威、いきなり牙をむいてくるその危険というものを、彼女は船の航宙航法システムなどの支援を介することなく直接感じ取る能力があった。宇宙は人間には理解できない脅威に満ちている。なにが危険かもわからないうちにやられる者も多いだろう。宇宙に存在するそうした未知のパワーがなんなのか理解できなくても、しかしそれを本能的に察知できる者もいる。いやな予感、という形で。マージェリーにはそういう能力があるのだ。

コンテナ船C４の海賊たちに司令船に戻ると伝える。C４には今回の仕事の戦利品が収容されていて、わたしは七人の部下とともにその中味を確認する作業についていたのだが、まったくのスカだった。ラバーダック一四四個入りの箱が百二十個かそこらあった。開けても開けても黄色いラバーダックが出てくるというのは、うんざりを通り越して、ほとんどホラー体験だった。あるいはコンテナいっぱいにつまった、顔が白くつやつやになるという効能書きのついた惑星カラン産の天然石鹼のまだ切り分けていない巨大な塊だとか。

この石鹸をわたしたちが本気で使おうとするなら百万年はもつだろう、そのころにはわたしの顔なんかつるつるどころかのっぺらぼうになっているに違いない。ああ、わたしはそんな想像を楽しめる気の長い人間じゃない。腹いせにその視界をふさぐ壁のような石鹸の塊を、腰のホルスターから引き抜いた愛銃でほとんど無意識に狙い撃っていた。水撃カートリッジを装塡したやつ。石鹸に水はお似合いだ。パッと塊の表面にひびが入って、小さくあいた穴から、つうと水が流れ落ちた。妙にエロチックな感覚を生じさせる光景で、それがまたわたしを苛立たせた。

まったく、どいつもこいつも、なんだかもう生活臭ぷんぷんの雑貨ばかりで、たとえば小さくても高くさばける電子部品や宝石やエナジーセル、といったものは発見できないでいた。

海賊が運ぶような品品か、これが。二重の意味で。つまりわが宇宙キャラバン、マグファイヤはれっきとした海賊だが、この荷を運んでいたのも海賊の大手組織マクミランの船だった。貨物船に偽装したセンテスという海賊船だ。

わたしたちは海賊相手の海賊仕事を終えたところで疲れていた。期待した戦果がこれでは高揚感もなにもなく、ただ肉体の疲労感があるのみで、やけ酒を食らって寝たいところだ。なのに、マージェリーの予感が、休むことを許さない。生命が危ないかもしれないのだ。

　急いで司令船に引き上げる、というわたしの命令に、しかし反対する者が出た。今回の仕事のために集めた雇われ海賊、いわば出稼ぎの連中だ。女が二人、男が四人。名前なんかこの際どうでもいい。どのみち本名など彼らは名乗らない。

「あんたの情報がガセネタでなければ、どこかに金の成る木が隠されている」と一人の男が言った。「まだ全部の荷の中味を確かめていない」

「海賊を海賊が襲うからには」と女の一人が言った。「かなりの稼ぎを期待してのことでしょう、隊長さん。わたしたちに、ガラクタをつかんでしまったと思わせたいんじゃないの？」

「ただ働きはごめんよ」ともう一人のフリーの女海賊。「あんたに言いくるめられるほどあたしは馬鹿じゃないからね」

「それを確かめるのはいつでもできる」とわたしは苛苛しながら言う。「マージェリーが言ったことをおまえたちも聞いていたろう。船がばらばらになってしまえば、ただ働きどころか、無駄死にになる」

「差し迫った危険があるとは思えない」と別の男。「戦果を確認して戦利品リストを作るのは重要な仕事だ。フェアにいこうじゃないか」

「そうとも」と三人目の男が言った。「二手に分かれればいい。戦果の確認作業をしたい者は、作業を続ける。船団の安全については、船長の役目だ。あんたはマグファイヤ・キャラバンのチーフであり、オーナーであり、船のキャプテンでもある。行ってくれ、船長」

「それがいい」と最初の海賊がうなずいた。「ここに残る者もこの荷を横取りはできないし、あんたも、このコンテナ船を船団から切り離すことはできない。貴重な戦利品があるに違いないんだ。でなければ優秀な海賊だと自称するあんたらがこの仕事をするはずがない。この荷を運んでいたセンテスの船員らは海賊だ。あんたはそれを黙っていたが、やつらは、センテスを海賊マクミランの持ち船と知ってのことか、とわめいていた」

「わたしも聞いたわ」と女が言った。「センテスはマクミラングループに属する海賊だというのを聞き出してから、撃ち殺してやった。一人でも生かしておくのはまずい。同業者に襲われたとなったら、マクミランは黙っていない。危なすぎる仕事だった。あなたはもちろん、センテスが海賊船だと知っていた――」

オーケー、オーケー、いいでしょう、とわたしはなげやりに言う。勝手にするがいい。

「ただしこれだけは言っておく。ここに残る者の安全は保証できない。だから命令はしない。志願しなさい。ここに残って戦利品を確認することを志願する者は作業を続けるがいい。フェアにいきましょう。価値のあるものを見つけたらすぐに知らせること。以上。メアリー、行くわよ」

「もしなにかあったらどうするの。このＣ４には救命ポッドは一機しかない」とメアリー。

「救命ポッドには五人しか乗れないのよ」

「詰め込めば六、七人はいけるでしょう。あなたは、どうするの」

いまだ発言をしていない六人目の雇われ海賊、その男にわたしは訊いた。

「残る、それとも行く？」

「行くに決まっている」と男。「司令船には女がいっぱいいる。ラバーダックを抱く趣味はおれにはない」

こんな海賊を雇ったのは一生の不覚だった、とわたしは後悔する。でもいまは、それを深く味わっている暇はない。ボディガード役のメアリーと、その男とともに連絡艇に乗り込む。

連絡艇のコミュニケーションシステムを起動すると、さっそくマージェリーから注意が来る。連絡艇のエンジンを全開にしてはいけない、できるかぎりスローでやって、という。ようするに、現在の宇宙環境をかき乱してはいけない、という注意だ。波をできるだけ立てるな、ということだ。それに従い、連絡艇の航法システムにそのように入力。すると、司令船にたどり着くまで五分強という、いつもならば考えられない、途方もないと感じる時間が必要だという航法コンピュータのお達しだ。

連絡艇がＣ４を離脱。司令船到着予定時間がディスプレイに表示される。カウントダウン開始。

コンテナ船の数は十六あって、各船は密集してはいない。一列縦隊で司令船に従う。C4は最後尾で、先頭の司令船とは連絡艇の目視用外部環境受光ディスプレイからは視認できないほど離れている。

連絡艇をいったんスタートさせてしまえば、あとはエレベータと同じだ。やることはない。もっとも、メアリーはマージェリーの注意に従い、連絡艇の針路を確認し続けるのに忙しい。航法モニタを監視し、肉眼による針路確認も怠らない。なんておおげさな、とわたしは、ふと、自分はなんともばかげたことをやっているのではないかと一瞬、思う。たぶん、自覚している以上にわたしは疲れていた。大宇宙においては、注意を怠ってはならない。気を抜いた瞬間が危ないのだ。そして、海賊稼業においても、それは言える。

気を取り直し、航法関係はメアリーにまかせて、わたしは背後の座席の海賊に注意を向ける。この男がマージェリーの危惧に対して口出ししないというのは面倒がなくていいのだが、なにも言わないというのも気になる。

その男は目を閉じて小さく両手を振っていた。オーディオバングルとかいう、この男おきにいりの、一種のオーディオプレーヤーを両手首にはめていて、それを楽しんでいるのだ。他人にその音は聞こえない。どのような音楽も作りだし、再生することができ、しかもそれを指揮することができるそうだが、わたしの趣味ではない。それを楽しんでいる姿は、はた目には滑稽だ。この男は度胸がいいのか馬鹿なのか、いまだによくわからない。

まったく、なんて海賊を雇ってしまったのだろうとわれながら情けなく思う。

こいつは今回の仕事にはほとんど役に立たなかった。その責任はわたしにある。この男は、わたしがスカウトしてきた。正確には、買ってきた。他の連中、C4に残してきたあの海賊たちは、わたしの仲間たちがそれぞれ見つけてきたのだが。

こいつの名は、自称、マエストロ・シック。マエストロといえば偉大な指揮者や芸術家への称号だが、自分でそう言うのは馬鹿みたいだ。シックは、嘔吐、という意味だ。こいつにまさにふさわしい。自分のことがよくわかってるというべきだろう。本名はシルベニウス・マリオン・シドニーという。本名を苦労して調べたのはわたし。雇った海賊の本名を調べる気になったのは初めてだった。なぜって、こいつを、単なる役立たずの、馬鹿な、病的な人間として認めたくなかったからだ。とても悔しいけれど、わたしはこの男、シックに惹かれている。肉体的には間違いなく、そうだ。好みの顔に、身体も、そう。そして精神的にも、たぶん。海賊になったときに、男などもういらないと決心したはずなのに。

2

自称シックというその海賊がわたしの持ちかけた仕事の誘いにのったのは、わがマグフアイヤ・キャラバンは十三人の女性海賊で構成されるという、それに気を引かれたためだった。

『いい女たち？　美人ぞろいなんだろうな？』とこいつはそのとき訊いたのだ。

『もちろんよ』とわたしは答えた。それがまともな、真面目な、質問とは思えなかったから。美の感覚など人それぞれだと、真面目に答えるならそう言ったところだ。『わたしを見ればわかるでしょう』

『訊くまでもないってことだな。素晴らしい。よし、のった』

こいつは大真面目だったのだ。そのときに気づくべきだった。この男の出現は、マグファイヤ・キャラバン内に騒動を巻き起こした。こいつが、わがキャラバンの同胞、一緒に暮らしている十二人の女たちの尻を追いかけ回し始めたのだ。大きな仕事にかかる前の緊張を保たなくてはいけない時期に。シックにとっては、後ではいけなかった。仕事が終ればお役ご免で放り出されるに決まっているのであり、彼の目的は海賊仕事ではなく、それだったのだろう。いまならそれがよくわかる。

あるときなど、司令船の、それは居住船でもあるのだが、その展望ラウンジで三人の女相手に、シック曰く交歓の儀式なる行為、直截《ちょくせつ》に言えば性行為、の真っ最中の現場に出くわした。偶然そこをのぞき込んだわたしとマージェリーだけが衣服を着ていて、武装していた。やめろ、とわたしは言った。感情をできるだけこらえて。すると、シックは平然と、妬《や》いているのか、とわたしに向かって言った。とても悔しかった。そう、そのとおりの感情を抱いている自分を意識したからだ。その場で撃ち殺してエアロックから死体を捨てることもできた。でもわたしはそうはしなかった。それはいつでもできる、と思ったのだ。それはたぶん、その場ではやはりできなかった、ということなのだろう。この男を、わたしの足下にひれ伏させてやりたかった。銃もなにも身につけず、武装に頼ることなく、女と男のままの状態で。

その望みどおりのことを、シックはした、二人きりの船長室で。そして、わたしの耳元にこうささやいた。

——ほかの女たちとやったのは、きみが目的だと悟られないためさ。きみだけといいことをすれば、きみの立場が悪くなるだろう。

なんて陳腐な口説き文句だろう。馬鹿にしつつも、でも悪い気はしなかった。

——だれにもそう言うのね。

——いいや、きみだけだ。

『くだらない』とわたし。『わたしは小娘じゃない。馬鹿にするな』

『そう、おれの生き甲斐は、一人でも多くの女と寝ることだ。それが男の性《さが》というものだ。でもきみは、おれの好みのタイプだ。きみが目的というのは本音だ。いまのところは、だが。先のことはわからない。いや、わかる。いずれ飽きる』

『わたしは、男がこの世から一人もいなくなっても生きていける』

『いまはそういう気分だろう、というのは想像がつく。おれに満足したからだ。やりたくなるといつも、気に入った男を探して仕事に誘うのか？』

『出ていけ』

『くそ』と口調をいきなり変えてシルベニウス・マリオン・シドニーは言った。『面白くない。答えが聞きたいと思ったのは初めてだ。きみに子供はいるのか』

『いたら、どうだというの』

『みんな殺したいね。おれの子だけを残したい』

『本能だけで生きている、まったくの牡、そのものじゃないの。あなたは男じゃない、牡よ。種馬のほうがずっと価値がある。あなたには血統書などないでしょう。どこの馬の骨かもわからないくせに、よく言うわ。恥ずかしいと思ったことはないの』

『ない。なかった、と言うべきか。くそう、おれはいったい、どうしてしまったんだ？』

『負けたのよ、わたしに』

『かもしれない』服を着ながら、そいつはうなずいた。『相手がきみなら、それも悪くないという気分だ。高尚な、これが人類愛というものなのかもな』

『人類は余計よ。わたしだけを愛しなさい。でなければ、生命の保証はしない。この手で撃ち殺してやる』

『きみは裸でいても海賊だな。女海賊とはたくさんつき合ってきたが、このおれを相手にしてベッドだろうとどこだろうと海賊でいつづける女はきみが初めてだ。おそろしくセクシーだよ、きみは。おれは自分にこんな性的性向があったことに、生まれて初めて気づいた。おれはたぶん、きみのような女、いいや、きみを、探し続けていたんだ、マーゴ・ジュティ』

『鞭で打ちのめしてやってもいい』

『痛いのはごめんだ。遊びのことを言っているわけじゃない。きみを打とうとする者を、殺してやる。このおれが、だ。そういう意味だ。これは愛というものだ。違うか』

『勝手になんとでも解釈するがいい。仕事はしてもらう。わかったら出ていけ』

男はきざったらしく投げキッスをして船長室から出ていった。きざな仕草を、しかし嫌みに感じてない自分がそこにいた。出ていけと言ったものの、本当は、その体温を脇に感じながら――それにしても男の体温ってどうしてあんなに熱いのだろう――もっとその男の過去などを知りたくなっていて、引き留めたかった。そうさせなかったのは、わたしの海賊としてのプライドであり、意地、だった。

馬鹿なのはわたしのほうなのかもしれない。一目見たときに、惹きつけられたのは確かだ。が、それが性的な興味からきているのだ、などとはまったく意識していなかった。こいつは海賊として使える、とわたしは思ったのだ。

マエストロ・シックを見つけたのは、無法者の集まる火星の町、サベイジの、あらゆる種類の物騒な武器を売る店が並ぶマウザー街中央通りの、あの店、ドブネズミのようにいやらしい顔をした小男、いつもフード付きの毛布のような灰色の衣服を着た、しかし海賊稼業をしている者たちからは一目おかれている、そう、あのチェンラの店、だった。そこで男は働かされていた。掃除などの雑役に、持ち込まれた武器の修理などの仕事。チェンラが使っているということは由緒正しい悪党にちがいなく、それは海賊として信用できる、ということだった。海賊課や広域宇宙警察関係の人間がチェンラの店に潜入捜査で入り込めるわけがないのだ。

チェンラという小男は見かけとは反対に、サベイジの、マウザー街における実力者だった。わたしはそれを知っていた。無謀にも試したことがあるのだ。わたしに関する情報をチェンラにそれとなく与えて、様子を見た。わたしが海賊であることはチェンラからはどこにも漏れなかった。しかもその小男は、わたしが彼を試したことも見抜いていた。『お嬢さん』とチェンラは小娘に呼びかけるように言ったものだ。『わたしはだれの味方でもない。お客様はみな大切だ。信用第一でやっている。マウザー街の商人の口からは、あなたが何者で、どんな仕事をしていて、なにを買ったか、などというのは、他人には伝わらない。そうしようとする者はすぐに死体になることになっている』『あなたがそうする、というの』

『ご想像のままに……わたしを試すのはいい。ただ、一つだけ忠告しておきたいことがある』

『なぜ。なぜわたしに、忠告などというサービスをするのよ』

『思ったとおり、あなたは利口な海賊だ……しかし、たたき上げの海賊ではない。まだ日が浅い。だがわたしのみるところでは、一級の海賊になれるだろう。やってはいけないただ一つのことさえ忘れなければだ。長年、地道に海賊をやっていれば、それは自然にわかることなのだが、しかし、あなたはそうではない。性急だ。無駄にした過去を取り戻そうとしているかのように、生き急いでいるように、みえる。あなたはまだ若い。若さが、そうさせるのだ……このまま、あなたがすぐに死んでいくのは、惜しい気がする。そう、これはサービスだ。いいお得意さんになってほしい、あなたへの、だ。ま、気まぐれと思っていただいてけっこう――』

『ただ一つのことってなによ。海賊を襲うな、とでも言いたいの？』

『この世には、真の海賊と言える者は、ただ一人しか存在しない。そう、彼を相手にしてはいけない。絶対に。ほかの連中は、海賊だろうと善良な納税者だろうと、思うままに襲うがいい。だが、真の海賊と戦ってはならない。そのときは、あなたの最期だ』

『男なのか。どこにいるの』

『いずれ、わかる。あなたが海賊として通用するようになれば、わかる。特定のだれかを指しているのではない、と言っておく……上には上がいるということだ、お嬢さん』
それから太陽圏標準時間で四年すぎ、わたしはまだ生きていた。チェンラの予想どおり、わたしは彼のいい客になった。忠告めいたものはそのときにあっただけで、いまはもうその手の初心者向けサービスはない。
わたしはその忠告を忘れなかった。あえてチェンラに、それがだれなのかということを問いもしなかった。彼がその名を口にするということは、彼自らが設定したマウザー街のルールを破ることだとわたしは理解したから、詰問しても無駄だと思った。それに気づかないほどの馬鹿ではない、とわたしは自負していたが、しかし四年経ったいまでは、チェンラがその名を口にしなかったのは仁義からというより、怖かったからなのだ、ということがわかってきた。たぶん、わたし自身、それとなくそういうチェンラの畏怖心を感じ取っていたのだろう、チェンラだけでなくだれにも、その真の海賊とやらはだれなのかということを尋ね回ったりはしなかった。いまならいかにそれが正しい判断だったか、というのがわかる。海賊ならばなんでもできると豪語する大物であっても、その名を口にするのはタブーなのだ、と駆け出しの海賊のわたしにもわかってきた。神の名を言ってはいけない、というようなものなのだ。直接その神に殺されることはなくても、その信者の手によって、タブーを破った者は殺される。そのような真の海賊とやらが実在するかどうかはわからない。伝説の海賊王、神格化された過去の海賊かもしれなかった。だがそんなことはどうでもいいのだ。信じている連中がいるという事実こそが重要だ。信者がいる限り、その真の海賊が実在しようとしまいと、そんなこととは関係なく、その効力は幻ではない。現実的な脅威だ。チェンラは実に現実的な忠告をしてくれたわけだ。

海賊の世界にもそのような、触れてはならない聖なる領域が存在するとは、まったく意外だった。これでは海賊世界も表社会と同じではないか、と海賊の初心者だったわたしは思った。

もし実在するならば会ってみたいと思わせる相手だった。チェンラの様子では、実在する。おそらくチェンラはその海賊に会ったことがあるのだ。だからこそ、チェンラは忠告したのだろう。長生きしたければ、彼を相手にしてはいけない、と。

わたしはあえてそれを探ったりはしなかった。生きていくだけで精一杯だった。それでも四年も経つと、チェンラが予言したように、わたしにも、それがだれを指しているのかがわかってきた。信者は天罰を恐れてその名を決して口にしないが、海賊がみなその信奉者かといえばそうではない、ということだ。海賊以外にも裏世界の伝説的な存在に詳しい悪党は大勢いる。もっとも、信者でない者は実際にその海賊に会うことはないし、その存在を信じているわけでもない。噂話という形でしか語らない。知っているのは、名だけだ。海賊船カーリー・ドゥルガーを駆るという海賊、匋冥《ヨウメイ》・ツザッキィ。おそらくそいつだ。間違いない。ミドルネームが存在するといわれるが、わたしには、いまだにわからない。

知る必要もない。祟《たた》るかもしれぬ存在にあえて触れることはないのだ。信じれば海賊の守護神として機能するのだろう。が、わたしは神的存在など信じないし、ましてや相手はいま生きているただの太陽圏人でしかない。

チェンラの忠告は四年かけて、わたしの心にかちりと収まった。もうツザッキィという海賊のことは忘れてもいい。

それにしてもチェンラは、当時のわたしに本当に大サービスをしてくれたものだといまは思う。チェンラは笑顔で人を殺せる男だ。とても危険で一瞬たりとも気の抜けない相手だった。こちらが何気なくしたり言ったりしたことでも彼のルールを破っていたりすれば、笑顔で送り出された店の奥から狙い撃たれる。言い訳はきかない。反省も無駄。そんな機会は与えられない。即座に殺される。その店内や、マウザー街では、彼は絶対的な存在だ。わたしはあのとき殺されていてもおかしくなかったのだ。しかしチェンラはそうせず、しかも、彼自身の弱みをさらけ出してまで——あのチェンラでさえ恐れを感じる存在がこの世にはあるのだ——わたしに忠告してくれた。まあ、それだけの甲斐はあったというものだろう。わたしは彼のいい客になったのだから。

そんなチェンラのおかげで、わたしは海賊を雇うに際して、どういう者が使えて、どんな人間が危険か、ということを学ぶことができた。武器を選ぶことと似ているのだ。

チェンラの店に並ぶ武器には、取り扱い説明書などついていない。異星人の武器も多い。

見た目で銃器だとわかるものでも、さまざまな操作の違いがあり、理解した上で買わないと自分が危ない。知ったかぶりは禁物だ。そういうことを初心者のわたしにチェンラは教えてくれた。要点は単純にして明快で、作動原理が理解できないならばその武器は買うな、ということだ。原理がわかっていれば万一故障しても直せる、あるいはこれはもう駄目だとわかる、などということではなく、チェンラのアドバイスはもっと根元的な、武器とはなにかという基本的なものだ。原理を知っていないと使ってはいけないときに使って自滅する危険がある、ということだった。まさか、そんなことがあるはずがない、というのは実戦経験のない者が言うことだ。それに、他人を殺せる武器は当然自分も殺せる。そう自覚すれば、それから身を守る防御手段や装置が必要だと気づく。いちばん手っ取り早いのは自分の肉体を鍛えることだ。

相手が人間でも、武器として使うとなれば選び方は同じだ。生物学上の人体の作動原理などわたしにはわからないものの、基本構造そのものが自分とかけ離れている相手を選んではいけない。異星人やロボットは駄目だ。いきなり寝返るかもしれないというのは人間でも同じだが、人体と作動原理が異なる非人間については、その予兆や気配をとらえることがまったくできない。少なくともわたしには、できない。人間ならば、話すことでその頭の中味の予想はつく。馬鹿か利口か、神経質か剛胆か、いざとなったら突くべき心理的な弱みはなにか、仕草でもわかる。必ずしも臆病な者が使えないわけではない。その相手の言っている内容や世界観や感性がこちらに理解できない、そういう者は、危険だ。わたしには使いこなせない。どんな人間がいいのかを端的に言うならば、このわたしに兵器として使われることを承知し、それでもいい、と納得できる者だ。以前のわたしならばこの世にそんな人間がいるとは思えなかったろうが、現実にはたくさんいた。いまのわたしは、まさに自分を自律的な攻撃兵器だと感じている。海賊はみなそう感じているはずだ。しかも経験を積んでいくうちに、ああこいつも海賊だ、こっちのは海賊でなくただのこそ泥だ、というのが見分けられるようになる。なんというか、特有の雰囲気であり、臭いに近い感覚でもって、こいつは自分と似たような人生観で生きている、というのがわかるのだ。

そういう観点で見ればチェンラは海賊とは正反対の種類の人間で、ごくまっとうな表の商人と同じだった。それで、その例の男、マエストロ・シックが、海賊の臭いがぷんぷんするそいつが、その店でモップをかけているのを見るのは、とても違和感のある光景で、つい言ったのだ、チェンラに、『海賊が店番をやっている店など信用できない』と。

チェンラは一瞬言葉に詰まり、それから、ダブラ用のいい徹甲弾が大量に入荷したが試射してみないか、とわたしを奥の倉庫に誘った。

わたしはその実包を納めたケースを受け取り、愛銃のダブラに装着し、暗い奥の的に向けて試射した。三連射ずつ、ケースが空になるまで。スムースに引き金を繰り返し引けることが実戦射撃の基本だ。必ず連射すること。初弾が命中しても最低三発はぶち込むこと。

わたしは威嚇のために銃を抜いたことはない。抜くときは発砲するときで、狙った相手が動かなくなるまで撃ち続ける。

『いい腕になった』とチェンラは言った。『見違えるほどだ』

『射撃には昔から自信はあった』空になったケースを下に落とし、新たなケースをすぐにセットして、わたしは言った。『海賊になる前から』

『腕とは、腕のことだ。筋肉がついて、徹甲弾のパワーに負けていない。安くしておく。役に立つ。いまのあなたなら使いこなせる』

『そんなことより、あれよ、あの男。なんなの』

『やつは女に騙されて一文無しだ。この店の借金は働いて返すというのでおいているが、あの調子ではいくらあいつが長生きしたところで元はとれない。海賊としての腕はいい。一稼ぎさせてもいいが、いま出したら二度と捕まえられないだろう……どうしたものかと扱いかねているというのが実状だ。あなたが買う気なら、売る。ただし返品交換なしという条件が付く。腕は保証する。高いぞ』

『どうしてわたしがあの男を身請けしなくちゃいけないのよ。冗談でしょう』

そのときのチェンラの表情といったら。わたしの肩より少し高いくらいの頭を前に傾け、フードの下から目だけをわたしに向けて、そして、にたりと笑ったのだ。わたしの心を見透かしたように。そのときのわたしはこちらのなにを見透かされたのか意識しなかったので、おそろしく気色が悪かった。

『なによ』

それには答えずチェンラは、男をその場に呼んで、こう言った。

『このレイディが、生きた標的に向けて徹甲弾を試し撃ちしたいそうだ。神経毒を仕込んだ水撃実包の試射もお望みだ』

『ふむん。それなら、そのへんに大きなネズミがいたな』

『時間稼ぎは無駄だ、シック』とチェンラ。『おまえが的になるんだ。それでおまえの借金は棒引きにしてやる。ありがたいと思え。おまえの係累はわたしの取り立てから逃れることができるのだからな』

『おれには係累なんかいやしないが……この美人に、おれが、撃たれる？　試し撃ちだって？』

『そうだ、マエストロ・シック。芸術的な死にかたを披露してくれ』

『ちょっと、ちょっとまった。ちょいまち』

シックと呼ばれた男は後ずさり、手にしていたモップを放り出すと、両手を上げる。そして、その両手を、わたしに向かって差し出すように動かした。瞬間、いやな予感がした。とっさに銃を構えている。シックは静止し、そしてわたしも、引き金を引くことができなかった。

『わたしは、あなたを試し撃ちしたいなんて言っていない。チェンラの悪戯よ』とわたしは銃を構えたまま言った。『でもわたしを攻撃する気なら、撃つ。手をゆっくり下げて、その両手首のブレスレットを外しなさい』

『これはオーディオバングルだ。おれのお守りのようなものだ。外すには外科手術か、腕ごと切り落とすしか――』

『シック、このレイディはおまえさんが気に入ったそうだ。話はついている。おまえは運がいい。まだ生きているのだからな。荷物をまとめて出ていけ。サベイジから生きて出られるように手配してやる』

その男は神妙な顔でうなずくと、早足で出ていった。

『追うんだ』とチェンラ。『逃げられても代金は支払ってもらう。つけにしておこう』

『どうして、あんな危ない真似をしたのよ。あの殺気は錯覚ではなかったわ。あのバングルでなければ、他に武器を持っていた。あなたがそれを知らないはずがない。わたしは殺されていたかもしれないのよ』

『店員が客を殺そうとするのをわたしが黙って見ているとでもいうのか、レイディ』とチェンラは薄笑いを消して、言った。『やつに選択できるのは、あなたかわたしか、どちらに殺されるほうがらくだろう、ということだけだった。それをやつは知っていた』

『どうやったの、あいつにどんな枷をはめたの』

『企業秘密だ。あなたでも教えられない。方法はいくらでも――』

『わたしはあいつを撃ったかもしれないじゃない。それでもかまわなかったというの』

『なぜ撃たなかった？　撃つ気がなかったからだ。それを確認する状況を作ってやったのだ。サービスだ。早くいけ。あなたにあいつは必要だ。それがわかったろう。こちらはやっかい払いができた。いい取引だった』

なにがどうなっているのかわからないまま、わたしは男を追った。わたしはその男を買うとも、買ったとも、チェンラには一言も言っていなかった。が、あのときのシックという男が発した殺気はかなりのもので、チェンラはそれをわたしに感じさせたのだ、とそのときのわたしはそう思った。試射と同じように、その海賊の潜在的なパワーというものをチェンラが試しに引き出して、わたしに見せたのだ、と。こいつは使える、そう思った。

逃げられてなるものか、いくらなのか訊く暇もなかったが、安い買い物ではない。買った武器に逃げられるなどというドジを踏んではマグファイヤの仲間に合わせる顔がない――でも、実は、わたしがシックという男を追いかけたのは、ごく個人的な欲求からだったのだ。それをチェンラは見抜いていた。そして当のマエストロ・シックも。二人の男とも、発情している女の臭いをわたしから感じ取ったに違いない。だが二人とも、それをあからさまに指摘はしなかった。チェンラのほうは、そう口で言ってもわたしが取り合わないと知っていて慎ましくもあのような態度をとったのだ。シックのほうはといえば、もっと狡猾だった。わたしが惹かれているということを銃を向けられたとき気づいていたに違いないのに、マウザー通りでわたしに捕まえられたときも、それに関しては触れなかった。

『礼はする。なにが望みだ』

そう言った。おそらく、このときのシックの関心はサベイジから逃げ出したいということだけで、わたしにはなかったろう。わたしが、あなたと寝たいのよ、などと言い出すのをむしろ煩わしく感じていただろうというのは想像できる。いまでもわたしは、そのときの自分がそんな思いでいたというのは認めたくないくらいだから、こう答えていた、今度大きな仕事を予定しているから、あなたの海賊の腕を見込んで参加してほしい、と。ようするに、頼んでしまったのだ。命令するだけでよかったというのに。従わなければ殺すだけのことだったのに、それができなかった。その瞬間、立場は逆転してしまったのだ。自分はこの女を利用できる立場にいる、とシックは悟ったのだ。

大丈夫だ、この女におれは撃てない、決して。落ち着いてみれば、この女はおれの好みのタイプではないか、しかも他に十二人の女の手下がいるという。これは面白い。やりたい放題にやってやろう——そう思ったに違いない。

わたしが馬鹿だった。でもいまは、もうそうではない。いまなら、撃てる。なぜ撃てなかったのかが、わかったから。撃ったあと、わたしはその死体に取りすがって泣くだろうか。泣くかもしれないが、同時にオーガズムを得るかもしれない。性愛にはもともと死の臭いがする。そしてつねに、死ぬのは男、生き残るのは女と決まっている。

この男にはもはやわたしは殺せない。でもわたしは、殺せるのだ。

——だけど、もう少し、この男、シルベニウス・マリオン・シドニーのことを知りたい。なぜマエストロなのか。子供のころはどんなだったろう？ どうして海賊になったの、マリオン？ 教えてよ、愛しいひと……

メアリーが「司令船着船一分前、キャプテン」と告げるまで、わたしはその男から目を離すことができなかった。

——お願いだから、わたしを見て、マリオン。

「了解」

わたしはため息をつき、メアリーに向き直って言った。首筋がこっている。

「異常は、メアリー」

「ない。着船五五秒前、制動開始まで一〇秒、カウントダウン開始、八、七、六——」

と、背後で、男がオーディオバングルで遊ぶのをやめる気配。わたしは今度は反対側から振り向く。

目があった。マリオンはまっすぐにわたしを見つめていた。純粋にわたしだけを見ていると感じさせる、真剣な、ぞくりとくるセクシーな瞳。それでわたしを摑まえ、そうしておいて、言った。

「得体の知れないなにかが目覚めた。おれたちは捕まったぞ。危険だ」

「……なんですって？」

なぜわかるのか、などとわたしは訊かなかった。死線をかいくぐって生き残ってきた海賊には、危険を予知する能力を持つ者が少なくない。

「どこ」

「C４だ」

「荷の中か」

「たぶん」

「針路の異常とそれが関係あるのか」

「おれに感じられるのは、なにかいやな、邪悪な力だ。人間じゃないな。異星人か……死を予感させる存在だ」

「センテスが運んでいた貴重な荷というのは生き物だった、という可能性があるということね」とメアリー。「生物兵器かもしれない。C４に残った連中がそのカプセルを壊したとか――」

「敵は意志を持っている。殺戮の意志だ」とマリオン。「原因として考えられるのは……針路の異常がそいつと関係あるとすれば、マージェリーが報告してきたときすでに敵は活動モードに入っていたわけだ……すると、あの石鹸だな。きみが撃った、あの石鹸だ。あれは、ただの石鹸ではないぞ」

「メアリー、操艇に注意、モニタから目を離さないで」

原因はわたしが作ったというのか。でもそれを言うなら、この仕事の責任はすべてわたしにある。

わたしはコミュニケーションシステムを通じて、司令船の仲間たち、マージェリーたちに警戒を呼びかける。第一級の警戒態勢。敵が人間だろうと異星人だろうと、どうでもい い。マグファイヤを襲う相手は、消す。それだけのことだ。

3

司令船に無事着船する。司令船の連絡艇ドックを閉鎖、司令船外殻の防御フィールドパワーを臨戦レベルまで増強、臨戦態勢に。そのように対艦戦闘情報室にいる戦闘情報担当チーフ、マーガレットに命じる。

『すでに完了。全周囲警戒中、臨戦態勢。敵らしき存在は感知されない。でも、なんとなくいやな感じ。マージェリーの予感はよく当たるから』

「心配ない」とわたし。「対C４警戒索敵手段をとれ。即座に開始。C４内の作業員に、異常がないか直接問い合わせて」

『了解』

「グレタはそこにいる？」

物知り博士的な存在であるグレタを呼ぶ。

『いるわよ』とグレタの声。

「調べてほしいことがある。センテスの積み荷に、惑星カランの天然石鹸というのがあった。見上げるほど大きな塊で、加工前の原料のような感じだった。あの中になにかが隠れていた可能性がある。石鹸の出所を調べて。製造業者とか、扱っている商社とか、なんでも、できるだけ詳しく。だいたい、天然石鹸って、なんなのよ。カランの大地に自然にできたものなのかしら。それを切り出してくるの？　そういうこと、みんな調べて」

『まかせなさい』

「わたしたちはブリッジに行く。以上」

連絡艇を出て、船内通路をエレベータに向かって急ぎながら、ところでマリオン、とわたしは立ち止まることなく訊いた。彼の本名を仲間の前で口にしたのは初めてだ。メアリーがそれに気づいた気配。でも、もうわたしは自分の彼への想いを隠す気などなかった。

「あなた、連絡艇内で、そのバングルでなにを楽しんでいたの」

マーラーの交響曲の五番、第五楽章を指揮していた、とマリオンは答えた。マエストロ、か。なるほど。

「コーダまでいかなかった。邪魔が入った」

「欲求不満ってところね。萎《な》えちゃった、か。あなた、音楽フェチなのね」

「すべての芸術は性的快楽に還元できるとおれは思っている。だれしもが感じて当然のものに感じるのだからフェティシズムとは言えない。おれの男はちゃんときみの身体にも反応したろう」

「あなたはその指揮棒でここの十三人の女を指揮できると思ったわけか。わかりやすい男だ」

「わかりにくさを気取る気はない」

「それはよくわかる。で、わかりやすいことはおいといて、ひとつ教えてほしいのだけれど」

「なんでも」

「そのオーディオバングルよ。それにはあなたを殺す力はあるの」

「どういう次元で」

「実際に殺せるのかと訊いているのよ。物理的に」

「その気になれば――」

「では他人も殺せるってことね。あなたはそれは武器ではないと、初めて会ったあのとき、そう言ったわよね」

「使い方によってはなんでも武器になるってことだ。金槌は武器ではないが人は殺せるだろう」

「わたしにはそうは思えない」

「石頭だな。きみの頭は金槌に対抗できるってわけだ」

「とぼけないでよ、そうじゃなくて、そのバングルは、もともと武器に違いない。逆なのよ、あなたは、その武器が、オーディオ指揮プレーヤーとしても使えることを発見したのよ、違う？」

「あのときは、詳しい説明をしている余裕はなかったんだ。わかるだろう。おっかない海賊に銃を向けられていたわけだし。でも嘘は言ってない」

「そのバングルは、なんなの。腕や手首にはめる形をした武器は多い。海賊課のインターセプターとか。そのバングルが本来武器でないとしたら、なに。ただのオーディオ装置じゃないでしょう。どういう仕組みなの」

「ふむん、やはりきみは頑固な石頭だ……これを設計したやつがなにを意図していたかといえば、人間の五感の拡張だ。簡単にいえば超広帯域レーダーだ。環境を探るためのものだ。暗闇でも、たとえ眼や聴覚を失っても、敵の存在がわかる。音波、超音波、電磁波、粒子の流れ、振動、エトセトラを感じ取り、その結果を人間の脳に理解できる信号に変換するインターフェイスを内蔵している。音響データを入れておけばオーディオプレーヤーにもなるし、それを指揮するように制御もできる。使い方次第だ。応用は無限といってもいい。使い手の想像や創造能力によって大きな性能差が出るだろう。楽器に近い。そう、これは楽器だよ」

「チェンラの店で買ったの」

「まさか。これは、もとはといえば医療用の感覚補助装置だ。それをおれが友人に改造させ、パワーアップした。カスタムメイドだ。ま、いろいろあってね。もっと早くこいつを手にしていたら、と思うよ。馬鹿な楽団員の発する耐え難く汚い音に癇癪を起こして、やつらを丸ごと爆弾でぶっ飛ばすこともなかったろう。ロボットの楽団員だったが……こちらも無傷ではいられなかった。肉体も精神も経済的にも、大きな打撃を被《こうむ》った。まさか自分が助かるとは思わなかったんだ。自棄《やけ》になっていた。気がついたら、死んでいたほうがましだったという状況にいた。それをなんとか切り抜けて、生きていてよかったと思えるまでに回復した。まったく、世の中、面白いものがたくさん転がっているものだ。これもその一つってことだ。そして、きみの存在もだ」

「C４にいるという敵は、そのバングルで察知したのね」

「おそらくそうだろう」

「おそらく、とは、どういうことよ」

「こいつを身につけるようになってからもう長いから、おれ自身の勘なのか、こいつの機能のせいなのかを区別するのがいまや難しい。こいつが誤作動したら、危ない。そのときはおれにとっての現実が分裂することになるんだ。ま、キャンセラーは備わっているんだが、常時作動させている」

「あなたが察知したという敵は、勘違いかもしれないってことか。あるいはバングルの誤作動とか」

「まあな。もしそうでも、きみが下した判断は正しいと思うよ」

「当然でしょう。警報を無視して死ぬより、誤報を真に受けて生きているほうがましよ」

マリオンはそのバングルの能力については詳しくは言わなかった。同じ海賊としてその気持ちはわかる気がする。自分の生命を守る切り札である武器の持つ潜在的なパワーや機能や作動原理のすべてを他人に話す馬鹿はいない。そのバングルの作動原理はわからないけれど、攻撃的に使うこともできるだろう。アクティブに機能させれば敵の心臓内の血液を瞬間的に沸騰させることなど簡単にできそうだ。脳を狙うほうが簡単だろう。でもその武器の能力や性能云云よりも、わたしはマリオンという人間を信じることにした。

「状況はどう。敵の目的はなに」

「きみを狙っているように感じられる」

「どうしてわたしなの」

「きみがたたき起こしたからだろう。八つ当たりはわが身に返ってくるってことだ」

やらなくてもいいことをわたしがしたというのは認めざるを得ない。冬眠中の熊を起こした程度のことですめばいいのだが。

「さっさとやっつけて、パーティといきましょう」

船尾のデッキからブリッジに通じるメインシャフトの入り口、重力エレベータの前について、わたしは言った。メアリーが先に行く。エレベータにはケージなどない。ただの深い穴だ。

「入浴パーティがいい」マリオンがわたしの腰に手を回したかと思うと、すっと抱き寄せ、シャフト内に飛び込んだ。落下する。「遊び道具のラバーダックは山ほどあるし、石鹼にはことかかない」

吸い込まれる感覚。いきなり抱き寄せるなんて、と抗議する間もなく、その心地よさを味わう。スカイダイビングの感じ。小娘のようにときめいている。狭いのが残念だ。そして、すぐに減速され、着いてしまうのも。

ブリッジに入ると、操船担当の三人、マージェリー、メグ、グレーチェン、がわたしたちを待ちかねたという表情で出迎えた。緊迫した空気が張りつめている。これが普段なら、メアリーがさっそく仲良しのメグに『マーゴったらね、だれかさんと——』などと言い始めるところだったが、いまのメアリーはそんな態度はみせず、正面の航法ディスプレイに目をやった。

「なによ、これ」とメアリー。「ちょっとずれている、なんてものじゃないじゃないの」

針路が、ほとんど九十度ほどずれている。そのようにディスプレイには表示されている。しかもなおもそれが進行中だ。じりじりと。

「慣性航行でこれなの、マージェリー？」とわたし。

「そう。針路をこのように曲げている原因がわからない」

ここは太陽系の最外縁だ。船を引き寄せるほどの大質量体は存在しない。

「実際に針路は曲げられているの？」

「ええ。ここまで大きいともう精密観測など必要ない。本来、太陽はあっちにある」とマージェリーは右舷を指し、「いまは、そっちよ」と船尾。「いまは臨戦態勢をとっているのでブリッジごと引っ込んでいるけれど、ついさきほどまで出して、視認していたわ」

そう、ブリッジは本来、展望デッキのように船体表面にせり出しているものなのだ。半球のバブルキャノピで開放的だ。透明のそのキャノピ面に航法データ類が投影表示される。いまは戦闘に備えて引っ込めているから、外は見えず、開放感はない。

「どこかに誘導されているということか」とわたし。「どこなのか、わかる？」

「不明。このままこれが続くなら」と航海士、マージェリー。「どこにも行かない」

「なるほど」とマリオン。「こいつは自分のしっぽを咬もうとしている蛇の図だ」

「そう」とメグ。「大きな円を描こうとしている」

「C4だ」とマリオン。「この司令船を引き寄せているんだ。敵はこちらとドッキングするつもりだろう」

「そんな作用力はまったく感知できない」とグレーチェン。「環境モニタは静かなものよ」

「ちょっとまって」とわたし。「たしか連絡艇がここに着いたとき、太陽は本船の右舷側にあった。視認用の窓で、見た。船尾側じゃないわ」

「キャプテン、太陽もここからではありきたりの星の一つでしかない。見間違えたということも——」

「間違いない」とメアリー。「キャプテンの言うとおりよ。連絡艇の航法モニタでもそうだった。この表示は、エラーよ」

「エラーじゃない」とマリオン。「これは敵の意思表示だろう。自分に引き寄せておれたちを食うぞ、と示しているんだ。ディスプレイ表示に割り込みをかけて、そう伝えてきているんだ」

「だから、そのような割り込みなどという外部からの干渉は感知されないと言っているのよ」とグレーチェン。

「そうよ」とマージェリー。「肉眼で、わたしたちはたしかに針路がずれていくのを見ていた。外を視認していた。いったいなんなの、この現象は」

「幻覚だ」とマリオン。「透明キャノピを通過する光を敵は操作したのだ、という理屈は考えられるが、幻覚を見せられている、というのがいちばん手っ取り早い解釈だろう。実際には針路はずれていない。マーゴの指示どおり下手な補正操作はしないほうがいい――」

「なぜあなたにそんなことがわかるの」マージェリーが苛立ちを隠さずに言った。「航海士はわたしよ。わたしが、ずれていると言っている――」

「船長は、いま現在太陽は右舷側に見えているはずだ、針路がずれているというのはおかしい、と言っている」とマリオン。「どちらが正しいかは別にして、認識にずれが生じているのは間違いない。それは幻覚を見せられている、ということだ」

「自信たっぷりね。この状況はあなたのせいじゃないの？」とメグが疑いの目を向けて言った。「あなた、どうしてここに来たのよ。このキャラバンを乗っ取るつもりで――」

「シック、あなたにそれがわかるとして」と、バングルの能力のことをわたしと一緒に聞いて知っているメアリーが言った。「敵は、わたしたちを襲うぞ、ということをなぜ示さなくてはいけないの」

「こちらを不安にさせたいからだろう。威嚇でも攪乱でもない、これはすでに敵の攻撃の一部だ」

「受けて立ってやろうじゃないの」わたし。「メグ、CIルームを呼び出して」

戦闘情報室のマーガレットが出る。正面にその映像。

『ちょうどよかった、キャプテン。C4内が大変よ。内輪もめしている——』

「ちょっと待って、マーガレット」

機関室から、緊急連絡。マーガレットの映像に並んで、機関長のマギーの顔が出る。

『キャプテン、メインエナジーアキュムレータの内圧が危険域まで高まっているのに、制御不能。原因不明。このままいくと爆発のおそれがある』

なんですって、と叫ぶマージェリーの肩にわたしは手をおいて、落ち着かせ、マギーに訊く。

「圧力を上げる操作をしたの、マギー？」

『戦闘出力に対応できるように、アキュムレート操作は実行した。臨戦態勢をとった』

「そのまま、臨戦態勢を自動維持」とわたし。「操作パネルに触れるな。原因究明操作や、緊急開放操作はしてはならない。その手動操作が逆に爆発につながる危険が予想される。部下に指示を徹底させなさい。パニックに陥らないように、あなたが押さえて」

『了解。でも、危険よ』

「アキュムレータ本体はどのくらい耐えられる。時間よ、爆発するまでの、時間」

『一時間はもたないでしょう。せいぜい、三十分というところ』

「わかった。それまでに片をつける」

　圧力が危険域まで高まっているという認識は幻覚である可能性があった。しかし、もしそれが事実で、アキュムレータが爆発すれば、引き連れているコンテナ船群ごと、木っ端微塵だ。わたしは焦燥感にとらわれる。試験を受けていて、解けない問題がまだたくさん残っているというのに終了時間が迫っている、という感じだった。

　――ああもう、このままでは間に合わない。

　太股がきゅっと締まる感覚。無意識のうちに、なんてこと、性的に興奮していた。なにもかも、奪ってしまいたい、時間制限も、死の予感も、なにもかも吸い取ってしまいたい……

『キャプテン』とマーガレット。『C４の五人の連中が仲間割れ、撃ち合いを始めたわよ。なにかいいものを見つけて、互いに独り占めしようとしているのかもしれない』

『どうもそうではないみたい』と口を挟んだのは、戦闘情報担当の一人、マーガレットの部下のペグだった。『なにかと交戦中なのよ。というより、逃げているみたい。敵とは、そいつよ』

「そこの連中は、なんて言っているの」とわたし。「異常がないか、問い合わせたんでしょう」

『異常なし、と言っていた』とマーガレット。『収容されたコンテナの一つ、まだ調べていない荷の中味をかき回しているところだった。敵はそこに潜んでいたのかも。とにかく、さきほど、いきなり騒動が始まって、なにが始まったのかを問いかける、こちらの言うことに耳を貸さなくなった。武器を使っている。ここからは、よくわからない。C4内のリモート監視システムはさほど高度なものじゃないから。連中、なにかわけのわからないことをわめいている』

「監視モニタ情報をこちらにもちょうだい」

『了解』と言って、マーガレットは続けた。『ペグの言うとおり、仲間割れではなく、敵と交戦中らしい。退避命令を出したほうがいいでしょう、キャプテン。完全にパニックに陥っている』

『命令するまでもなく、逃げているんだってば』とペグ。『でも、敵の正体がよくわからない』

「C4を船団から切り離しましょう」とマージェリーが言った。「いいえ、4Dブラスタで攻撃して、キャプテン・マーゴ。完全消滅させればいい。それでケリがつくわ」

「それはできない」

とわたし。コンテナ船団が司令船の背後に一列に重なって同じ軸線上にあろうとも、最後尾のC4だけをここから選択的に攻撃破壊することは可能だ。しかし。

「どうしてよ」とマージェリー。「連中は、志願して残った。あなたは、あそこに残れば生命の保証はしないと警告している。C4ごとぶっ飛ばされても彼らには文句は言えない。それとも、敵を生かして捕獲したい、それは高く売れるとでも——」

「そんな理由からではない」とわたしは言う。「幻覚を見せられているとすれば、最悪、4Dブラスタはこの船を消滅させるかもしれない。C4を狙ったつもりで実はこの司令船自体だ、というのはあり得る。敵はそのような操作ができる力を持っていると予想できる」

「じゃあどうするの、マーゴ」とメアリーが言った。「だまってやられるのを見ているの？」

「彼らに退避せよと強くうながす手段はある——彼らに警告。C4を自爆させる。マーガレット、C4の自爆システムをリモート操作、起爆時間を三分後にセット、作業員に警告したのち、作動。敵もそれで姿を現すかもしれない。敵はC4の自爆を察知する能力はあるに違いない」

『リモート操作は簡単だけれど、幻覚を見せられているというのなら、その操作自体もあてにならないじゃない』とマーガレット。『本気なの、マーゴ。いろんな意味で』

「C4の連中を見殺しにはできない。熱くなった頭を冷やさせるには、これしかない。こういう形で支援するしかない。自爆カウントダウンの、警告アナウンスだけを流すのは可能でしょう。でも、それは敵には通用しない。こちらに幻覚を見せられるなら、こちらの敵に対する心理操作も見抜けるはず。実際に作動させて、敵にもその場の攻撃を中止して避難することを考えさせなくては駄目なのよ。わかってる、危険なのはわかっている。やられるときは、もろともよ。C4の連中は仲間だわ。見捨てることはできない。命令を実行しなさい、マーガレット」

『了解。あなたに従うわ、キャプテン・マーゴ。わたしたちは、あなたを信じてる』

『敵は、作業員が探っていた荷物ではなく、やはり石鹼内にいたようだわ』とマーガレットのとなりのコンソールで調査作業をしているグレタが言った。『マーゴ、あれはたぶん石鹼じゃない。カランで〈永遠なる柩〉とでもいう意味の名称で呼ばれる代物に違いない。おそらく惑星カランの海賊の手で盗掘された、密輸品よ。採掘は堅く禁じられている。でも石鹼の成分によく似ているので、天然石鹼という表現は的はずれじゃない。ブラックユーモアのセンスを持った海賊がセンテスにいたんだわ。で、あれには面白い伝説があるのよ。手短に言うと、あれはなにか邪悪なものを封じ込める、古代カラン人の手段だったらしい。実際はどうかは知らない。掘り出すのはタブーだというのだから、貴重な資源だったので乱掘しないようにそういう伝説を作ったのかもしれない。あるいは、古代カラン人の、たとえば危険な古代廃棄物、核廃棄物のようなものを封じ込めた廃棄手段で、その知識が失われたとしても触れるのはタブーだ、危険だ、という記憶が残っている、ということなのかもしれない』

「無機的な廃棄物ではないわ」とメアリー。「意志をもっている生物である可能性が高い。危険な気体生物とか。古代カラン人には完全に駆逐する攻撃手段がなくて、たとえば水に溶かして凍らせてその活動力を封じ込めるように、石鹸に似た成分でもって固めたのかもしれない」

『ああ、メアリー、そうかもしれない。その可能性はある。センテスの連中がそれを解放するのが目的だったとすると、コントロールする方法もあるはず』

「餌で釣って石鹸にまた封じ込めるとか、ね」とメアリー。

「餌ってなによ」とマージェリー。「人間を食うのかしら」

「センテスの連中は、だれかに、その邪悪な存在を太陽圏につれてこいと命じられたのだろう」いままでだまってわたしたちのやり取りを聞いていたマリオンが言った。「それを命じたやつは、おそらくそれをコントロールする気などない。単に太陽圏に悪魔を解き放ち、混乱に陥れて、それを楽しむつもりだ」

「自分も危ないそんなことをする馬鹿がいるものですか」とわたし。「利用できるという自信があるはず。つまりコントロール手段が――」

「自分はそいつに勝てる、という自信はもっているだろうさ。しかしそいつを操り、武器にして太陽圏を支配しようなどとは思っていない。やつの目的は、邪悪な存在を太陽圏に向かって放つ、それだけだ」

「だれ」

「匋冥・ツザッキィ。マクミランは匋冥直系の海賊組織だ。きみもそれくらいは知っているだろう」

「真の海賊というやつか……マクミランがそれにつながっているなんて、知らなかったわよ。あなた、その伝説といわれる海賊に会ったことがあるのね」

「やつは強大な武力を持ちながらも精神は幼児なみだ。そんな海賊にかかわるのは馬鹿のやることだ。いまはしかし、そんなことはどうでもいい。たたき起こしてしまった敵は、やっかいな相手だぞ。おそらく、人間の欲望を食う怪物だ。船に取り憑く船幽霊だ」

「真面目に言っているの、マリオン」

「船乗りが船幽霊を信じるのは、その正体がなんであれ、無視すれば生命に関わるからだ。きみも船乗りなら、聞いたことはあるだろう。敵は、ヨウキレイだ。あるいは、それに似た力を持つ、なにかだ」

「妖姫麗、か」

船内が静まり返る。

宇宙を飛び回る力を得た現代人でも、自然界には完全にはコントロールすることができない未知の脅威が存在することを、認めたくなくても感じている。船幽霊の存在を笑い飛ばすのは簡単ではないし、そうするのは愚かなことだ。そうした伝承というのは、宇宙に存在するさまざまな正体不明の脅威のことを後世に伝えるために、長年多多の犠牲を払ってきた先人たちが幽霊奇譚という形にして残したものなのだ。客観的な詳細なデータが得られない以上、それは物語という形をとらざるを得ない。

そうしたなかの一つ、妖姫麗という船幽霊の話は聞いたことがある。さまざまなバリエーションがあるが、基本的には、その幽霊は死者の出た船に取り憑き、船員を皆殺しにする幽霊だ。死者は速やかに宇宙葬にするか焼却処分する、というのが慣例だった時代に生まれた幽霊譚なのかもしれない。それは未知の病原体を持ち込ませないためだったのだろう。死体に執着すると妖姫麗を招く、と言われる。妖姫麗は保存されている死者に取り憑き、死者は甦って生前の恨みを晴らすためのゾンビと化す、というのがその話の内容だった。

『C４自爆カウントダウン、続行中』冷静なペグの声が大きく響く。『犠牲者がでた。クラリッサが倒れている』

その映像がこちらでも見られる。女海賊の一人。床に仰向けに倒れて、苦悶の表情で絶命しているのがわかる。首にどす黒い、絞められた痕がはっきりと見て取れた。絞殺されたのだ。敵は人間の形をしているらしい。しかしC４内の監視モニタはマーガレットが言うとおり簡単なもので、自在にレンズを飛び回らせて敵を追跡することなどできない。死角だらけだ。

なんだあいつは、という声が聞こえている。化け物だ、という声も。C4が自爆することより、彼らは身近にいる敵のほうに注意がいっているのだ。銃声が連続して響く。複数の銃器から発射されているのがわかる。水撃銃のダブラ、束ねた短針を発射するニードルガン、ソニックガン、単純な火薬発射式のガンの音も聞こえる。

わたしは、ここからC4に呼びかけられるように音声回線をリンクするようマーガレットに命じて、叫んだ。

「そんなのは放っておきなさい。総員C4から脱出。自爆の警告が聞こえないの」

呼びかけに応答した者の画面が出る。

『追いかけてくる。どこまでも追いかけてくる』と海賊の一人、チャドだ。『男の姿をしたゾンビだ。銃を持っている。シーボンが撃たれた。吹き飛ばしてくれ、船長。小火器ではやつは殺せない。死なないんだ。4Dブラスタで精密照準、この空間から完全消滅させて——』

胸に穴があき、背中から血しぶき。弾丸が貫通した。マグナム弾に狙い撃たれたような光景だった。

「——C4ごと、吹き飛ばす。だから早く脱出するのよ、早く」

だめだ、彼らには、脱出の余裕がない。状況上も、精神的にもだ。自分たちの攻撃手段がまったく通用しないとなれば逃げるしかないというのに、ほとんど腰が抜けている状態らしい。自爆タイマーがセットされる前からそうだったのだ。わたしのとった手段は彼らを正気に戻らせることができなかった、ということになる。敵もＣ４が自爆することには無頓着だ。それが、Ｃ４の海賊たちをさらに恐怖させたに違いない。死んでもかまわないとして攻撃してくる相手ほどやっかいなものはない。しかもそいつは、すでに死者であるらしい。殺しても死なない、という。彼らも幻覚を見せられているのか。

「ペグ、Ｃ４自爆手段解除。マーガレット、マイクロ４Ｄブラスタを使えるように準備。敵への精密照準開始、捕捉できたら、撃てとわたしが命じるから――」

『どこにいるか、わからない。これでは照準のしようがない』

「監視モニタを見なさい、敵の位置をそれから割り出して座標計算、手動照準」

『そんな器用なことが――』

「やるのよ。監視モニタが姿を捉えたら、やれる。あなたの腕ならできる」

『座標データそのものが当てにならないというのに、こちらが吹き飛ばされても知らないからね、マーゴ』とマーガレット。『そうなればＣ４の海賊もおしまいだ。死なばもろともだ。いちかばちか、やってみるか』

『Ｃ４自爆カウントダウン進行中、中止不能』とあくまでも冷徹なペグの声。『自爆システムが中止指令を受け付けない。自爆を解除できない。原因不明。三〇秒前になると、本来のシステムでも外部指令による解除は不可能になる。Ｃ４自爆まで七〇秒。六九、六八、

六七、いぜん解除操作を受け付けない。４Ｄブラスタでこの自爆システムを破壊するのを考えたほうがいいかも——』

『見つけた』マーガレットの声。『Ｃ４第34ブロックにひどい有様の人間がいる。コンテナの陰から出てきた。まさに歩く死体よ。男だわ。こいつよ』

「手動精密照準手順、開始」

『やってる。オーケー、位置を捉えた。敵影捕捉、自動追跡も条件付きで可能と思う』

「目標追跡システムに捕捉画像データを入力、自動追跡に切り替えて、ロックオンが可能かどうか確認」

『了解……ロックオン成功、追跡開始。Ｃ４監視システムが目標を捉えている間だけ、つまりこちらから見えている間だけ、自動追跡が可能」

「こちらにも目標映像を見せて」

『あまり大写しにはしたくない姿よ。信じられないけど。覚悟してね——セット、マイクロ４Ｄブラスタ。いつでもいい、レディ』

「まって、撃つな」

わたしはまた叫んでいた。わたしが、撃て、と命じなければ、マーガレットは撃たない。それはわかっていたが、撃つな、とわたしは叫んでいた。そこに映し出された顔。その男。わたしの知っている人間だった。

「この男は……」

そう言ったあとが続かない。その男は、こちらが見ていることを承知しているに違いない。レンズに向かって、笑った。頭の半分を吹き飛ばされ、身体のあちこちを穴だらけにされた、血塗れのぼろ切れのような、人間とは思えないまさにひどい有様だったが、笑いかけてきているというのはわかった。４Ｄブラスタなど通用しないとせせら笑っている、そう感じさせる表情だった。

『やあ、キャスリーン』とそいつは言った。ゾンビが。『元気そうだな』

そいつは、わたしに向かって、言ったのだ。キャスリーンと。わたしの本名だ。やはり、この男は、間違いなく――

「こいつは、わたしの夫だった男だ」だれに言うでもなく、わたしはそう口にしていた。

「わたしが、殺した」

これは幻覚だ、そう思った。Ｃ４では何事も起きていない、こんなのが現実であるはずがない。悪夢だ。

4

突然、ゾンビが画面下に、見えなくなる。画面奥から生き残った海賊が姿を現す。女と男、ゾーイとミマスだ。銃を連射している。弾がなくなるまで撃ち続ける。

「逃げて、もう時間がない」とわたし。「無駄よ、相手にしたらやられる」

ゾーイが銃を投げ捨て、ナイフを抜くと、画面のこちらに向かってくる。なぜわたしの警告を聞かないのだ。

『くたばれ、化け物』

ナイフを振りかざした瞬間、ゾーイが動きを止め、目を見開いたまま前にくずおれる。またゾンビの姿が現れる。後ろ向きだ。拳銃を手にしている。足を引きずりながらミマスに向かう。

『自爆の解除はできなくなった』とペグ。『自爆二八秒前、二七……まだ間に合う、向かって右方向に脱出ハッチがある、すぐ近くだ、ミマス。走れば間に合う。二四、二三、二二、早く、退避して』

ミマスは逃げなかった。ゾンビが銃を構えるよりも早く、腰からなにか引き抜く。

『道連れだ、一緒に地獄に来い』

その直後、閃光。モニタ映像が途絶える。

『手榴弾だわ』とペグ。『C４の外殻の一部が破損。気密が破られた。かなり強力な爆発』

『目標自動再捕捉。自動追跡』とマーガレット。『なぜなの。形をとどめているはずがないのに。破れた穴の縁につかまっている』

Ｃ４の船体にあいた穴から、戦利品が、雑貨やラバーダックが、宇宙に向けて噴出している。ゾンビはその激しい気流に耐え、そして、こう言った。声は聞こえないが、唇の動きでわかった。

――キャスリーン、いまそちらに行くからな。

『Ｃ４自爆、ゼロ時間』

映像が途絶える。静寂。

『……Ｃ４破片群、飛散』とマーガレット。『目標は捕捉できない。やったか』

「来るぞ」

マリオンが、両腕を広げて、そう言った。

「感じる。まるで気流のようだ。接近してくる。あのゾンビは本体ではない。敵がきみの記憶から再構成して生み出しているんだ、マーゴ。敵が妖姫麗という存在なら、あのゾンビはきみを殺して恨みを晴らすまで決して消えないだろう。ついでに、あいつの存在を知った船の人間を皆殺しにする。あのゾンビは殺戮マシンだ」

「なにか手はないの」とマージェリー。

「あるはずよ」とメアリー。

『そうね』とCIルームのグレタが言った。『妖姫麗の話が生まれたというのは、生き残った者がその存在を語ったからでしょう。それに、あいつは石鹼の柩に封じ込められていたようだし。〈永遠なる柩〉って、もしかしたら犠牲を覚悟で妖姫麗を封じ込めようとした古代カラン人たちの大量の屍蠟《しろう》かもしれない』

「マギー、アキュムレータの様子はどう」とグレーチェンが機関室に問い合わせている。

『まだ収まる気配がない。二十分くらいで危ない』

機関室でも状況を見ていたことだろう。行く、とわたしは言った。

「わたしが、出ていく。連絡艇、いいえ、脱出ポッドの一つでいい。わたしが敵を引きつける。その間にΩドライブでこの宙域から脱出しなさい。たぶん敵はそれを追うことはできない」

「艦載戦闘機を出せ」とマリオンが言った。「連絡艇だ脱出ポッドだ、などとケチるなよ、マーゴ。これは戦争だ。こちらから仕掛けた海賊戦だ。C4の連中はそれをよくわきまえていたよ。きみに戦う意志がないのなら、生身で出ていけ。エアロックから出るだけでいい。中途半端はいけない。きみらしくない。マーガレット、戦闘機の発進準備だ。戦闘継続の意志を敵に示せ。弱みを見せたらやられる」

『了解』とマーガレット。『マーゴ、いいわね。わたしは海賊よ。邪魔をする者は叩きつぶす。あなたもそうでしょう。行きなさい、格納庫よ。急いで。アビゲールの一番機を出す。それで敵を引きつけて、できるだけ本船から離れて。フルパワーの4Dブラスタでアビゲール周囲の空間を現時空からごっそり吹き飛ばす。むろんアビゲールは目標から除外するけれど、覚悟はしておいて』

わかった、とわたしはうなずいた。マーガレットに司令船の戦闘指揮をとれと命じて、振り返らずにブリッジを出る。愛銃のダブラの実包ケースを、水撃用から徹甲弾を納めたものと交換する。マリオンがついてきた。

「なぜあなたがくるのよ」

「きみはおれのものだからな」

「わたしはあなたのものなんかじゃない」

「旦那にもそう言ったか。そう言って殺したんだろうな、マーゴ。それで海賊になったんだろう」

「わたしは……」

「思い出せよ。重要なことだ。殺された当人にとっては、自分がなぜ殺されるのかわからないのでは死んでも死にきれないだろう」

「わたしのこと、調べたのね」

「マーガレットが教えてくれた。詳しく。とても、詳しく。ま、顔まではわからなかったが」

エレベータシャフトに飛び込む。ちゃんと足から。と、下からなにかが上がってくる気配。ばかな。このエレベータは一方向にしか作用しない。でも近づいてくるのがわかる。人間だ。顔をこちらに向けている。生きてはいない。激しく損傷した死体。ほとんど顔は崩れているのに、いやらしい笑みを浮かべているのがわかる。大きくなり、わたしの目の前で止まる。

——やあ、元気そうだな、キャスリーン。

悲鳴をこらえて、目を閉じる。幻覚だ。マリオンはなにも警告していないし、血の臭いも腐臭も感じられない。でも。

「来たぞ」とマリオン。「船尾から侵入した」

目を開くのが怖い。でもそれでは走れない。深呼吸をして、格納庫に向かって通路を走る。後からついてくるマリオンの足音。本当にマリオンだろうか。振り返る勇気がない。

わたしの夫だった男、ジェラード・ドゥワイトは、刑事だった。殺人課の刑事。わたしの父親も警官だった。叔父も、そうだった。わたしは警官一族のなかで育ったのだ。父親は、わたしが物心ついたころに殉職した。母親はわたしを愛した。わたしは自分も警官になろうと思っていたが、母親に頑強に反対され、銀行員になった。ジェラードとはそのころ、警官の遺族者の集まり、定期的に催されているパーティ、そこで出会った。まもなく恋に落ちたが、母親にはずっとそれをうち明けることができなかった。警官、それも刑事とのつきあいなど母親が認めるはずがない、と思ったからだ。母はいつも、父の帰りを待っていた。毎日、夫の無事を祈りながら、待っていた。父が殺された日のことを、わたしは忘れてはいない。あんなに錯乱した母の姿は、以後も見たことがない。ジェラードからプロポーズされたとき、とてもうれしかったが、母親が決して許さないだろう、と絶望的な気分にもなった。わたしは母親を見捨てて自分だけが幸福になるなんて、そんなことはできなかった。

でもまったく意外なことに、母は、賛成してくれたのだ。あなたがそんなに彼が好きなら反対はできないわね、と。実は、ジェラードが、つきあっている間に、わたしの母親を説得していたのだ。なんと素敵なジェラード。なんて優しいママ。

「フライト装備はどこだ」

格納庫に入ると、マリオンが訊いてきた。

「あなたも行くの」

「おれが、行くんだ。きみは来るな」

「どういうこと。あなたが囮《おとり》になるの」

「おれでは囮にならないさ。敵の狙いはきみだ。おれは関係ない。部外者だ」

「……逃げるつもりか」

「生きているきみには未練はあるが、おれには死姦の趣味はない。きみに勝ち目はほとんどない。きみたち、と言うべきか。おれは、きみらと運命をともにする気は――来たぞ」

ああ、こいつは思った以上にしたたかな海賊だ。うまくやっていけるかもしれない、でも出ていくのだから駄目か、と冷めた感覚でわたしは思う。

格納庫には三機の艦載機、アビゲールが並ぶ。その機体がふと動いたように感じた。照明がふっと暗くなり、すぐにもとに戻ったのだ。周囲を見回すと、すぐ近くの壁際に、そいつがいた。どこも傷ついていない、わたしが撃った日のままの、スーツ姿の、夫。壁により掛かり、腕を組んで、こちらを見ている。刑事の目で。

「やあ、キャスリーン。元気そうだな」と死者が言った。「おれは気分が悪い。腕利きの刑事が、野獣のような殺人鬼ではなく自分の女房に殺されるなんてな。恋女房に」

「あなた、わたしを愛してた？」

「後ろの男か。そいつが、おれを殺す動機か」

「まさか……そんな理由じゃなかったわ」

「聞かせてくれ、キャシー」容疑者を取り調べる口調だ。「時間はたっぷりある。どうした。なぜ黙っている」

なぜだろう。とても憎かったはずなのに、なぜ、と訊かれて、すぐに言葉が出てこない。

わたしは後ずさる。脇のマリオンが、ポケットからなにかを取り出す。タバコだ。そんなものを嗜《たしな》むのは海賊にも滅多にいない。マリオンは一本を取り出し、優雅な仕草で、指揮をするように、それを振る。それで着火する。くわえて吸い、大量の煙を吐き出す。

「あの男にも喫煙の習慣があったそうだな、マーゴ。思い出させたくないんでひかえていたんだ。苦しかったよ」

ジェラードも笑顔で一本、内ポケットから取り出し、くわえ、そちらは銀のライターで火を着ける。なんなの、この男たちの余裕は。

「きみとは気が合いそうだ」とジェラードは言った。「仲良くしようじゃないか」

「おれは化け物と仲良くなりたくはない」とマリオン。「マーゴ、撃て。そうすれば思い出せるかもしれない」

どうしてだろう。撃つ気になれない。もう一度同じ過ちを繰り返したくない、という気分。でも、わたしはなにを過ったというのだろう。

と、ジェラードが、目をむいて、倒れた。床で全身を痙攣させる。両耳から血が噴き出している。マリオンだ。両手を握りしめ、前に差し出している。バングルの威力だ。でも、だめ。ジェラードは起きあがる。スーツの袖で、鼻血を拭く。ゆらりとこちらに近づく。とっさにわたしはダブラを抜き、連射。壁に血しぶき。あのときよりも派手だ。殺した、あのときよりも。わたしは彼の拳銃で、撃ち殺したのだ。そして、逃げた。でも、なにから、逃げたのだろう？

「やあ、キャスリーン。それがおまえの本性だ」血塗れになりながらも、ジェラードは起きて、床に落ちたタバコを拾い、吸って、続けた。「おれが気に入らないなら、結婚すべきでなかった。おまえさんのママはいい人だったのにな。強く結婚を勧めてくれたよ。しかし、いったい、おれのどこが気に入らなかったんだ?」

わたしはいつも、この夫の帰りを待っていた。待っている間はとても不安だった。それを忘れるために家事に没頭した。結婚したときに仕事は辞めていた。母が警官の妻はそうするものだ、と言ったから。きちんと掃除し、彼のシャツにアイロンをかけ、スープを何度も温めながら、夫の無事を祈った。彼はなにも言わなかった。べつに感謝してほしいともわたしは思わなかったが、少し寂しかった。わたしは家事は苦手だったが、一生懸命やっていた。でも完璧とは言えなかった。へまをやると夫は婉曲に注意した。夫は、日曜の朝にくつろぐときもネクタイを締めるのを忘れないという几帳面な性格で、いつだったか、鉢植えの、なんだったろう、背が高く威勢のいいアマリリスだったかしら、それがしおれているのを見て、夫は水をやりながら、きみは世話をするのが下手だな、と言った。世話をする気がないものを買ってくるからだろう、きみのママもそう言っていた、と。

『アマリリス、嫌いなの? わたしは好きだわ』

『ぼくは初めて見たよ、綺麗だな。でもママは、嫌いだそうだ。毒毒しいって。きみのママさ』

母親は同居してはいなかったが毎日のようにやってきて、わたしを助けてくれた。本当は煩わしかった。でも言えなかった。母は一人暮らしで寂しかったろう。わたしを女手一つで育て上げ、老いては娘夫婦を助けるのが生き甲斐だったのだ。ジェラードは、そんな義母ととても仲が良かった。まるでマザコンのようだった。いいママじゃないか、姑と仲がいいのが悪いことかい、と夫は、遠回しのわたしの非難をそう言って、受け流した。

「ああ……思い出してきた」とわたしは言った。「あなたは、わたしに注意するとき、いつもわたしの母親を持ち出してきた。ママはこうしろと言っていた、ママが困った娘だと言っていたぞ、ママが、ママが。なんでも、ママが、よ。いつも帰りを不安な気持ちで待っている、と言うと、『警官の妻はそれが仕事だとママが言っていたよ』だ。ばっかみたい」

「そんなことで、おれを殺したのか」

「あなたには、わたしの気持ちなんか……サイレンの音が聞こえれば、あなたが撃たれたのかと心配する、わたしの気持ちが――」

「撃たれてしまえ、と思ったのさ。夫がだれかに撃ち殺されてしまうことを心できみは願っていたんだ」

そう言ったのは、マリオンだった。マリオンはジェラードを注視しながら、わたしに言った。

「汝、姦淫するなかれ、心でも姦淫してはならない、なぜならそれは、実際にすることと同じだからだ……たとえが悪かったかな?」

「そんなに憎んでいたのか、キャスリーン。おれにはいまだに信じられない。いい夫ではなかったかもしれないが、撃ち殺されるほどの悪党ではなかった」

「マーゴ、撃て」とマリオン。「こいつは、本物じゃない」

「あたりまえよ。こいつは――」

「きみに取り憑いているのは、ジェラードじゃないんだ。マーガレットもそう言うだろう。知らないのは当人のきみだけだ」

マリオンはタバコをジェラードに向かって、投げる。突然、それが爆発した。それも武器なのか。いや、爆発したのは、ジェラードの身体だ。マリオンのバングルによる再攻撃だろう。爆発球は真っ赤な血しぶきで、それがピンクの靄《もや》になる。その靄が薄れていく。靄の向こうに人影が浮かび上がる。気力が萎える。何度やっても同じことなのだ。しかし……薄れた靄から姿を現したのは、ジェラードではなかった。

「カンティーナ……ママ」

「あなたをそんな人間に育てた覚えはない」とママが悲しみをたたえた目でわたしを見た。「自分の夫を殺すなんて。あんなにあなたを愛していたのに、なにが不満なの、キャスリーン」

「来ないで……近づかないでよ」

「愛してるわ、キャスリーン。ブライアンが殉職してから、あなたはわたしの生き甲斐だった。なんでもあなたの望みどおりにしてあげた。一度だって、あなたがいやだということはしなかった。違う？　キャスリーン」

違う……わたしは、母親がいやだ、と言いそうなことは避けてきたのだ。いやだ、と言えば、泣き出される。それがとてもいやだった、だから、いやだ、と言えなかったのだ。

「来ないで、カンティーナ。わたしたちの家に来ないで、あの時代に、そう言えればよかった。あなたよ、あなたが、ジェラードを殺させたのよ」

「おお、なんてこと。どこまでママを苦しめれば気がすむの、キャスリーン。あなたがデートで遅くなるとき、どんなに心配していたか。ジェラードなら心配ないと思っていたけれど――」

「あなたが心配していたのは、刑事の彼とわたしが喧嘩別れでもしないかと、それが心配だったのよ」

「もちろんよ、キャスリーン」

「刑事ではない男だったら、反対した。そうだったじゃない。なぜジェラードならオーケーだったの。あなたが気に入りそうな男は大勢いたのに、それは、彼が警官で、刑事だったからよ。殉職の危険の高い、刑事だったからだわ。あなたは、わたしを憎んでいた。わたしが幸せになることが我慢できなかったのよ。自分と同じように、娘を、夫を失った妻の立場にして、いたぶりたかったのよ。わたしは、気づかなかった。愛されているとばかり思っていた。でも無意識には、知っていた。だけど、あなたを攻撃することができなかった――」

「実の母親なのよ、キャスリーン。なんてことを言うの、なんて恐ろしいことを」

「わたしは感づいていた。あなたのわたしに対する理不尽な仕打ちが怖かった。なぜジェラードを撃ったか、いまならわかる。あなたから、わたしをいたぶる道具を取り上げるためよ。あなたに復讐したのよ、ジェラードを殺すことで。彼が死んでしまえば、もうあなたはそれを利用してわたしを攻撃できない、と。でも、わたしは方法を間違えたんだわ」

「キャスリーン――」

「あなたを撃つべきだった。でなければ、自分を。でも、どちらもできなかった」

ああ、ジェラード……ごめんなさい、わたしはあなたに何度も殺されても文句は言えない。愛していた。情熱的ではなかったけれど、たしかにわたしはあなたを愛していた。

「キャスリーン。もう、忘れましょう。もとのように、二人で暮らしましょう。平和で、何事もなくすぎていく平凡な毎日、それが幸せというものよ。そうでしょう、キャスリーン。許してあげるから、ね？ 我が子を憎む親がどこにいるのよ。あなたはジェラードにひどい目に遭わされていたのね。気がつかなかったママが悪かった。でも、もう大丈夫よ」

愛しているわキャスリーン、いい子だからキャスリーン、だめじゃないのキャスリーン、キャスリーン、キャスリーン、キャスリーン。腹が立ってくる。わたしは激しい怒りを自覚する。

「わたしは、あなたが、憎い」

とわたしは叫ぶ。視界が揺らいでいる。涙があふれてくる。ダブラを構える。構えたら即座に撃て、ためらってはならない──実戦射撃を教えてくれたのはジェラードだ。

撃つ。

「キャスリーン?」

連射。撃ちまくる。カンティーナは両手を上げて、踊るように、跳ねるように、徹甲弾の連射を浴びる。ケースが空になる。素早く交換する。

「愛おしい、キャスリーン」カンティーナがくずおれる。「あなたがわたしを憎んでいるはずがない。あなたは間違っている」

床に倒れたカンティーナがわたしを見上げて、そう言う。

「いいえ」とわたしは言う。「あなたに娘の怒りを思い知らせてやる。じっくり味わうがいい。何度でも撃ってやる」

カンティーナの頭に向けて、連射。すぐにそれは形を崩し、脳と骨と血とその他もろもろになる。

「さあ、起きてよ、ママ」

再度実包ケースを交換して、わたしは死体に命じた。見るまに、崩れた頭が元どおりになる。カンティーナはゆっくりと起きあがり、すっと腕を前に出した。両手に銃が握られている。ジェラードの銃。とっさに身をかわしながら、ダブラを撃つ。間に合わない。左腹部に衝撃。撃たれた。カンティーナにもわたしの徹甲弾が命中、彼女は尻餅をついた。わたしを見上げ、そして言った。

「まさか……わたしが、あなたを撃つなんて。信じられない。嘘よ、キャスリーン、愛している」

「そうね、わかるわ、わたしを八つ当たりの道具として、愛してた。ママも、わたしに怒りを感じていたのよ。わたしという存在そのものに。それを自覚していなかったから平気でわたしに酷いことができたのよ。あなたは、ようするにわたしを殺したかった。だからいまここに化けて出てきたんでしょうが」

「……これはなにかの間違いよ」とカンティーナは銃を落として言った。「わたしが、あなたを撃つなんて」

「そう、おまえは取り憑く相手を間違えた」

わたしは格納庫の天井に向かって、言った。どこにいるかわからない、この現象を生じさせている存在、敵に対して。

「妖姫麗だかなんだか知らないが、よく聞け。わたしはキャスリーンじゃない。呪い殺せるならやってみろ。わが名はジュティ、マーゴ・ジュティだ。文句あるか」

相手が動いているかぎり攻撃の手をゆるめるな、キャスリーン。……いい夫だった。ジェラード、でも、キャスリーンはもう、どこにもいないのよ、ダーリン。わたしの心にも。あなたの顔も、もう思い出せないくらいだ。残っているのはあなたが教えてくれた、身を守る射撃の心得だけ。

二発撃つのがやっとだった。でもそれは命中し、カンティーナはまた死んだ。

この相手は、ここに出現したのは、本当に甦った死者なのだろうか。それともわたしの心から敵が引き出して物理的にこの空間に再構成した人形なのだろうか。わからない。撃たれた腹部に激痛を感じる。これは幻覚ではなさそうだ。愛銃がひどく重い。

ゾンビがなんなのかなど、もうどうでもよかった。本物の死者なら、わたしの本心を知って、また恨めばいい。わたしは、カンティーナを撃つ、甦るなら、何度でも、怒りの銃弾を心ゆくまでぶち込んでやる。銃を撃てる体力のあるかぎり。

「援護して」わたしは床に膝をついて、言った。「マリオン、わたしを援護、命令よ。あなたは、高かったんだから……仕事をしなさいよ。逃げれば、撃つ……本気だからね」

マリオンがなにか言っている。汝、姦淫しまくりだな、とかなんとか下品なわけのわからないことを言っている。こいつにはやはりマエストロ・シックの名のほうが似合いだ。

いい海賊だ。そして、いい男だ……

「すさまじい母娘喧嘩だったな」

ええ、そうでしょうとも。喧嘩などしたことがなかったのだ。生まれてからいままでの分、この場でみんなまとめてやったのだ。

銃を左手に持ち替えて握りしめ、右手で傷口を強く押さえる。床が近づいてくる。意識が遠のいていく。死ぬのは男、生き残るのはつねに女のはず、これは、おかしいじゃないの……でも悔しくはなかった。なんだか爽やかな、いい気分。

5

ひどい悪夢にうなされていた感じで、目覚めは爽やかではなかった。

「あいつは、どこ」

「動かないで。痛みは押さえてあるけど、まだ、だめ」

マーガレットがベッドの脇にいた。医療室だ。マーガレットひとりだけだった。

「あいつよ、あいつ」

「妖姫麗らしきものなら、行っちゃったわよ」

「さあ。でも太陽圏にも昔から幽霊はいたことでしょうし、どこへ行こうと、たいした問題じゃないでしょう。あいつは、あなたから奪い取れるはずのものを失って、去るしかなかったのよ。きっとそうだわ。胸のすく啖呵だったわね、マーゴ。敵もあれでたじたじになったのよ。あなたを襲わせているジェラード、実はカンティーナが、逆にあなたに呪い殺される立場に立たされて、しかもカンティーナはそれを受け入れてしまった。彼女にはもう甦る力はなかった。敵は武器を無力化されてしまったのよ、あなたに——」

「どこへ」

「彼は。シックよ」

わたしが聞きたいのは、あの海賊のことだ。

「出ていった。あなたに撃たれたくないって。アビゲールを一機、あげたわ。あなたも反対しないと思って」

「あんな高価な宇宙戦闘機を」

「いいじゃないの。それだけの仕事はしたもの。シックは、あなたをやる気にさせたんだし」

「C4でやられた海賊たちは……わたしの判断の甘さで、彼らは死んだ」

「死ぬまでは生きた。彼らが自分で選択した寿命よ。あなたの判断とは関係ない。——ねえ、マーゴ・ジュティ」

「なによ、あらたまって」

「いまあなたを刺激するのはあまりよくないとわかっているけど、あなたの身体を精密検査した結果、ひとつ告知しておきたいことがあるの」

「聞くのに覚悟が必要な内容かしら」

「まあそうね、でもいずれわかる。あなた、妊娠してるわよ。気づいてなかったでしょう。どうする?」

「驚いた……どうするって?」

「その子の父親にこの事実を伝えるかってこと」

「産めというの」

「たくさん殺している分、埋め合わせしないとね。もっとも、シックを相手に避妊手段をとらなかったのは、あなただけよ。わたしたち、みんな、してた。ちょっと楽しみたかっただけだから。あなたは本気だったのね」

「彼を独り占めできる気分になれたのよ、それで。みんなと違うことをしたかった」

「その気持ちはよくわかる。で、どうする」

「父親は必要だ。子供にとっては」

「そうね。あなた一人では荷が重いというのは、わかる。無意識のうちにカンティーナと同じことを我が子にするかもしれない、とあなたが弱気になることも予想できる。でも、わたしたちみんなが共同で親をやることもできる。宇宙キャラバンの多くは大家族集団で、そうしている。父親のシックは、あの調子ではいつまで生きていられるか、わからないし。でも、そうあわてて決めることもないでしょう。実は、わたしたち、子育てを楽しみにしてるの。アビゲールの一機くらい安いものよ。あいつは、いい仕事をしたのよ。そう思わない？」

わたしは目を閉じる。わたしの子か。きっと、娘だ。彼女は、どんな物語をこの世に紡ぎ出すのだろう。どんな女や男や幽霊と出会うのだろう……

「ゆっくり休みなさい、マーゴ。わたしたちがついている」

「ありがとう」

気分が落ち着く。眠りに落ちていくのを感じる。わが名はジュティ、マーゴの娘、おまえにわたしが殺せるものか。胎内の小さな存在がそう啖呵を切る夢を見る。敵を無力化したのはわたしの中のそれだ、と思った。カンティーナも、孫には恨みは抱いていなかっただろうから。

この娘はいい海賊になれるだろう、産まれる前から、自分で自分を守ったのだ。その結果としてわたしは助かった。男だったら死んでいたろう。ほら、わたしが言ったとおりじゃない。生き残るのは、つねに女なのだ。文句あるか。

匈冥の神

もう遠い昔のこと、悪ガキを気取っていたころのぼくが出会った、海賊の神の話をしよう。

当時のぼくは、自分が生まれた家が大嫌いだった。呪っていたと言ってもいい。ぼくには双子の姉がいたが、大切にされるのはその姉のほうばかりで、弟のぼくはほんとに〝みそっかす〟だった。みそっかすというのは、価値のないもの、一人前に扱われない子供、という意味の俗語だが、幼いぼくはまさしくそのとおりの子供だった。

いまになって当時を振り返ってみれば、ぼくは両親にとてもかわいがられていたのだし、姉は姉でそんなぼくをどんなにかうらやましく思っていたことだろう、というのがわかるのだが、幼いぼくにはそうした人の心の内面は全然見えてなかった。それはぼくの性格や能力とは関係のない、ぼくの家、家柄のせいだ——さすがにいまはそう言い切る自信はないが、かなり大きな要因ではあったと思っている。

ぼくは、ランサス星系を支配するフィラール星の王家を、代代、神通力でもって護ってきた神官の家に生まれた男子だ。母は首席神官だった。ランサス・フィラールは知られているように女系社会だが、なかでも女王一族に近しい家柄ほどそれが厳格だ。姉は母の地位を継ぐことを、両親はもちろん、女王からも期待されて育てられた。男子のぼくのほうは自由気ままに生きられる立場なわけだ。でも当時のぼくには、自分の先行きが不自由きわまりなく思えた。それで、ある日家を飛び出したのだ。きっかけはランサス・フィラール人の海賊からの誘いだった。大物だ。裏切りシュフィールという、かつては近衛部隊の隊長だったその男の名は、フィラール星では極悪人の代名詞になっている。悪ガキのぼくにとって悪の化身のような存在はあこがれだったから、その海賊の言葉をまともに受け取ったのだ。

『おまえがいっぱしのワルになりたいのなら、海賊になるがいい』と裏切りシュフィールは言った。『太陽系、火星のサベイジに来い。無事に来られたら仲間にしてやろう』

サベイジってどういうところなんだと訊くと、その海賊は答えた。

『海賊の神が支配する土地だ。匈冥《ヨウメイ》という。匈冥は海賊の守護神だ。おまえが信じる神よりも強い』

ぼくが信じている神よりも強い——その言葉にぼくはまいってしまった。それはそうだろう、ぼくが当時感じていた不自由さとは、まさしくその神によるものだったわけなんだから。

家出をしてからサベイジに辿り着くまでは大変な苦労の連続で、けっこうな時間をかけてさまざまな人生経験をしたものだが、ぼくにとって本当に大変な体験はサベイジに着いてからのことだ。サベイジのマウザー通りにある武器店にて、これが信じられないことにまったくの偶然なのだが、匋冥という海賊に出会ってから、つまり、裏切りシュフィールが言っていた海賊の守護神は、実在する——それを知ってから、になる。海賊匋冥は、ぼくのそれまでの人生観とか世界観とかを、がらりとひっくり返してしまったのだ。

それは事件だった。もちろん大変な事件だった、ただの人間にすぎない海賊匋冥が、わが故郷の王家の守護神を相手に互角で渡りあったのだから。

故郷の神が憑依したのは、家出したぼくを捜しに来た姉だったから——正確には姉の使う聖剣シューフェンバルドゥだが——見た目には、匋冥とぼくの姉、シューフュラン・サフラン・メートフとのバトルだった。ぼくはといえば、姉は女王に命じられて、海賊の手下になったぼくを討伐しにきたのだと勘違いして対処したし、そこに海賊課の一人と一匹と一艦が絡みあって、もうなにがなんだかわからない、めちゃくちゃな出来事になってしまったので、真相はぼくにもよくわからない。というか、若気の過ちなぞ思い出したくもない。でかいニュースになったからあなたも知っているだろう、そうだ、あの事件だ——

いや、ぼくが話したいのは、その事件についてではなくて、その間に出会った、海賊の神にまつわる話なのだ。

つまり匋冥のことだろうって？　伝説の海賊〈匋冥〉の名を知っている者ならそう誤解するのも無理はないと思うが、そうではないのだ。実在の匋冥は、人間離れしているのはたしかだが、神ではない。

だが匋冥は、神とともにあったし、いまもそうだろう。どういう神か、だって？　いろいろな神が存在することはぼくも知っているし、神を信じない者も珍しくない、ということも承知している。あなたが信じている神はぼくの神とは違うかもしれない、というのそれでも、共通する点が一つだけ、ある。いや、あるとしたらそれは、一つだ、と言うべきか。神とは、純にして聖なる存在である、という点だ。不純で邪悪な神がいるとすれば、それは神を騙る偽物だろう。その逆に、どこまでも純粋で聖なる存在は、神になる。

匋冥の海賊船カーリー・ドゥルガーの内部で、ぼくはそういう存在に出会った。その神は、純白の猫の姿をしていた。

匋冥が海賊の守護神としての力を発揮できるのは、その猫のおかげなのだ。名をクラーラという。〈純白〉を意味する名だとかで、言ってみれば〈シロちゃん〉というようなものだろう、なんとも平凡な名前だが、その猫の正体は匋冥の良心そのもの、なのだという。

匋冥自身がそう言ったのだ、『あれはおれの良心そのものだ。良心を猫にして取り出したおれ自身は、なんでもやれるわけだよ』と。

それを聞いたときは意味がよくわからなかった。そのときのぼくは、こう考えた、極悪非道な海賊の王と目されている匋冥といえども良心の欠片《かけら》というものはあって、その白い猫が死にそうなところを助けたのだとでもいうことなのだろう、つまりそういう良心の存在を表す、象徴として、その猫は「海賊の良心そのもの」なんだよ、という意味なのだろう、と。そのようにしか解釈できないだろう、普通は。

でもそうではなく、文字どおり、その猫は、匋冥という存在から分離された心の一部、ヒトの聖性を司《つかさど》る〈良心〉そのものなのだと、いまのぼくには、わかる。あの大変な出来事を体験したから、信じる気になった、なれた、というわけだ。でも、クラーラをこの目で見たときは匋冥と出会った直後のことで、件《くだん》の大事件に自分が巻き込まれて匋冥という海賊の真の力というものをまざまざと思い知らされる前のことだったから、そのときのぼくは匋冥の話を、まったく、ぜんぜん、本気にしていなかった。匋冥は自ら、クラーラがどこから来たのかを物語ってくれたというのに、匋冥自身がそれについて語るなどというのは後にも先にもないことだろうというのに、だ、ぼくはそれを、まったくの作り話だと思って聞き流してしまったのだ。あれを本気で受け取っていれば、いまぼくは、もう少しましな、余裕をもって人生を楽しめる境遇にいられたはずだ、星間刑務所に入れられて無為な時間を消費するなどということなく。

あの時、即刻カーリー・ドゥルガーを下船することもできたのだ。そうするがいい、おまえは海賊には向いていないと、カーリー・ドゥルガー自身が言ってくれていたというのに。若気の至りだ。なんて馬鹿だったのだろう、ほんとに思い出したくもない過去だ。でも、あの話は、ぼくしか知らない。だれかに言いたくてたまらない、言わずに死ぬなんて我慢できない。

過去の自分への怒りや悔恨を抑えて、思い出してみよう。そうだ、匋冥の神・クラーラがどのような経緯で出現したのか、それを話そうと思う。まだ話せるうちに。そういうことだ。

おまえほど若くはなかったが、と海賊が話し始めたのを覚えている。

『あれは、まだ自分の海賊船というのを持っていなかったから、いまのおまえと似たようなものだろう、自分の未熟さ、愚かさ、馬鹿さ加減に気づけない年頃のことだ——』

＊

駆け出しの若き海賊、匋冥は怒り狂っていた。自分自身の不甲斐なさに。なんであそこで逡巡したのだ、あいつを撃ち殺しておけばこんな目に遭わずに済んだのだ、なにをしているんだ、おれは自分を聖人だとでも思っているのか、と。

そもそも、こんな胡散《うさん》臭い仕事は海賊がやるようなことではなかったのだ、あの見るからに怪しげな老人の誘いに乗った自分が悪い。こうして地中を逃げ回るはめになろうとは、なにが、恐れを知らぬ海賊で、しかも頭もいい、だ、あんなおだてに乗るなんて馬鹿な自分にまったく腹が立つ。あいつ、あの老人がこの話を持ちかけてきたときにこの事態を予想してしかるべきだったのだ、この世はそんなに甘くはないと。

だが背に腹は代えられなかったから、やばい仕事だとわかっていながら受けたのだ、ブルーウィスキィをやる金もなくてなにが人生だ。

それはいい、自業自得というものだと匈冥は思う、腹が立つのは、あいつが話していた黄金の神殿というものを、この目で見て、実在することを確認したあのとき、その場で即座にあいつを撃ち殺さなかったという、そのこと、だ。

なぜ、やらなかったのだろう?

追っ手から逃げ続けながら匈冥はそればかりを考え続け、そして疲労困憊《こんぱい》したあげく、自分でこういう結論を出した――

なぜやらなかったのかという問い自体が間違っているから、怒りが収まらないのだ。こう問い直すべきなのだ、いったいなにが、おれの行動の邪魔をしたのか、と。

――やらなかったのではない、やれなかったのだ。

洞窟はどこまでも続いていて、そのうちに地獄の底に落ち込んでしまうだろうと思われた。怒りとすり替わるように、恐怖がじんわりと頭をもたげてくる。

匋冥は立ち止まり、周囲を見回して追っ手の気配を探る。静かだ。少し前までは大勢の足や怒鳴り声が聞こえていたのだが、それらが消えていた。しかし、どこかしら不自然だった。まったくの静寂で、物音一つしない。水が滴って水面に落ちて立てる音、それすらも、ない。

のどが渇いているのでそういう音を無意識のうちに期待していたのだと気づいて、頰を伝ってあごの先から落ちようとする汗を人差し指ですくいとって唇につける。なめると塩辛い。これは〈焦燥〉という味だ、気を鎮めて、一息つくべきだろう。

追っ手たちはどうしたのか。追跡を諦めたのか。いいや、そんなはずはあるまい、彼らの殺気はすさまじかった、こちらを殺さなくては自らが死ぬ、という勢いで迫ってきていたのだ。

おそらく彼らは、こちらを見失って、まったく見当違いの方向へ行ってしまったのだ、と匋冥は思う。自分では意識していなかったが、自分はどこかで、彼らの知らない脇道へと入り込んだのだろう。秘密の通路のようなものを自分は偶然発見したのだ。

地下の洞窟は迷路になっている。おまけに自分には意識できなかった脇道にいるということは、脇道と本道の分岐点がわからないということで、これは洞窟から出るのがそうとう困難になったことを意味するが、それはそれ、いまは追っ手から逃げられたことを安堵すべきだ。逃げ切れたのかどうかは、そのうちわかるだろう。

いまいる空間をあらためて見回す。光はない。真の闇だ。

まさか洞窟内を逃げ回るはめになるとは思わなかったものの、まったく光のない状態での作業になるかもしれないというのは予想できたはずで、ゴーグルには超音波レーダ機能を組み込んでくればよかったのだ、ごく簡単な子供だましな装置でも、いまよりはるかにましだろう、役に立ったはずだ。いまさら悔やんでも始まらないが。

いま広帯域ゴーグルを外せば、周囲は完璧な闇というわけだ。わざわざ確かめることはない。漆黒の闇は、視力を失ったという恐怖を生むだけだ。ゴーグルが捉えている環境像はたよりなくあいまいだが、視覚が働いていることがわかるというだけでも、価値がある。

広帯域ゴーグルを通しての視界には色はない。岩肌が灰色の濃淡で見えている。行く手はぼんやりとしているが、来た方向を見れば、背丈よりは高いトンネル状の空間の、その切り取られた不規則な形状がくっきりとわかる。遠くゴーグルの感知域を越えた向こうまでそのように見られるのは、ゴーグル内にある人工知能が周囲の形状を覚えているためだ。つまり、来た方向は既知の場なので、その記憶情報をもとにして、周囲環境の映像をゴーグルのモニタ上に構築しているのだ。

それを頼りにすれば、ここに入ってきた場所、入口まで戻ることができるだろう。うまくやらないと、いまいるのは既知の場、すなわち前に来たことのある場所だということがわかるだけで、同じ場所をぐるぐる回るだけになってしまい永久に出られない、ということもあり得るが、それもまた、いま心配するようなことではない。焦らずに行動すれば大丈夫だ。

匋冥は、身を隠せるような比較的大きな岩を目で探し、少し先にテラス状のでっぱりがあるのを見つける。近づき、岩の上に乗って、平らなそこに腹這いになった。疲労困憊していたので仰向けになって休みたいところだったが、ここで警戒をといて眠り込んでしまうわけにはいかなかった。追っ手の動向がわからないのだ。

荒い息を意識して鎮めつつ、来た方向を見やる。あいかわらず追っ手の気配はまったくない。

怒りが引き、恐怖も収まっていくと、頭が働き出す。

追っ手はなぜ消えたのか。この自分が通り抜けられるほどの大きさを持った脇道を、血眼で追ってきている彼らが見逃すはずがない。だから、ここは秘密の通路などというものではないだろう。

だとすると、彼らが気配をまったく消して自分を包囲したのでなければ、引き上げたのだとしか考えられない。おそらくは、そう、もうこの洞窟内にはいないのだ。

その原因として考えられるのは、二つだ。追うことを中止したか、すでに目的を果たしたかの、二つ。それしかない。

「くそう」と思わず声に出ている。匋冥は悟った、「そういうことか」と。

彼らはこの場におれを追い立てたのだ。それが目的だったのだろう。こちらが餓死するか、恐怖のあまり狂い死ぬ、あるいは暗闇での事故死、なんでもいい、とにかく洞窟の奥に追い立てて殺す、それがやつらの狙いだ。

生《い》け贄《にえ》だろう。あの老人は最初からそれを目的にして、犠牲者を漁っていたのだ、火星のサベイジにまで来て。自分はそれにまんまと釣られてしまったのだ。

匋冥は仰向けになって息をつき、最初に会ったときの老人の態度や表情を記憶から掘り起こす。いま思い返せば腑に落ちることばかりだ。

汚れてところどころ鉤裂き穴の開いた灰色のフード付マントを羽織った老人。貧乏な坊主を思わせる風貌だった。髪は剃っていたし、富とは無縁という体つきだった。痩せていた。が、身のこなしには隙がなく、枯れた老人という見かけとは正反対で、殺気を完璧に消した武道の達人を思わせた……

その老人は、匋冥の行きつけの酒場の、中二階の下の狭い空間奥の、二人用の小さなテーブル席で、茶をすすりながら、にぎやかな酒場全体を観察していた。匋冥は酒場に入ってすぐその存在に気がついたが、無意識のうちに無害だと判断していて、いつものカウンター席に落ち着きショットグラス一杯のブルーウィスキィを注文したときは、もう意識しなかった。

再び意識させられたのは、カウンター内でバーテンの仕事もしている酒場の主人が中二階下へ視線をやって、『タフで活きのいい海賊に宝探しを手伝ってほしいそうだ。おまえさんを紹介しておいた。ブルーのお代わりがほしいなら受けるんだな、匋冥。うちにはつけで飲ませるブルーウィスキィはおいてない』と言ったときだ。

匋冥は飲み干して空になったショットグラスをカウンターにタンと音を立てておき、そちらを見やった。視線の合う人間がいて、それが、その老人だった。

宝探しだ？　馬鹿馬鹿しい。そう思いながら煽るグラスは、空だ。もちろんそうだった、もう飲んでしまったのだし、手持ちの現金はその分に消えてしまっていた。全財産だった。

『ブルーは駄目だが』と主人が言った。『干し肉一ポンドなら、つけで売ってやろう』

『なんで肉なんだ』

『ショットグラス一杯のブルーと同じ値段の干し肉で、三、四日は食いつなげる。その間は餓死はしないし、力仕事もできるだろう。たんまり稼いで、つけで飲める上客になって帰ってきてくれ。そのための干し肉の提供だ』

『革靴の底のような干し肉を、三日も四日も食い続けろというのか、この、おれに？』

そう言い返したときはもう、宝探しというその仕事の前金をもらう気になっていたから、件の老人よりも先に酒場の主人にうまくのせられていたわけだ。それにも気がつかなかったのだから、と匋冥はふっと息を吐いて、自分はどうしようもない馬鹿だと反省する。冷静に。

それからおれはあの中二階下のあいつの席に行き――と匋冥は、またじっくりと記憶をたどる。

対面の席に着くと、あの老人は遮音フィールドを張るスイッチを慣れた感じでオンにして、話し始めた。その様子は、この仕事の勧誘が初めてではないことを物語っていたが、匋冥は気に留めなかった。こんな場末の酒場で持ちかける仕事の話などというのは胡散臭いものに違いなくて、何人もの相手に断られてきたのだろう、何度もやっていれば慣れていて当然だ、と思ったのだ。

だがあの態度はプロの勧誘員のものであって、素人が個人的な頼みをするときのものではない、どうしても助けが必要だという切羽詰まった感じがまるでなかった――いまだからそれがよくわかるのだが、あのとき気づくべきだったと、匋冥は苦く思い出している。

『わたしは元学者でして』と老人は薄い笑みを浮かべた顔で自己紹介した。『考古民族学上の大きな発見をしたのですが、学会からは認められず、追放された。永久追放です。いかなる手段でも名誉回復は認めないとされた。でも、わたしの発見は正しかった。正しいからこそ封印されたのです。ご存じでしょうか、火星と木星の間にあるアステロイドベルトは、かつてそこにあった惑星が破壊されたことを物語っていると』

だれでもそんなことは知っている、それで、と匋冥は先をうながした。

『その惑星の岩石層の残骸がベルト状に散らばり、惑星のコア、金属部分は、形をとどめたまま太陽の近傍へと飛ばされた。それが、水星です』

『それも知っている。べつだん新学説でもないだろう。自分が発見したと主張したところで、呆れられるだけだろう、そんなことで学会追放になったわけではないよな。あんた、なにをしたんだ？』

『その、破壊されていまはなき惑星はモランといい、神が支配する王国が栄えていた』と老人は続けた。

——モランの民は、神によって泥から創られた人間で、神の庇護のもと、平和に暮らし、数を増やしていった。人口が数十億に達したある日、神に反抗する一派が出現した。彼らは自ら発明した技術によって神を殺す計画を立てたのだが、それを阻止しようとする人間たちも団結し、両者間で激烈な戦いが勃発した。

その結果、モランは破壊された。神の手によってではなく、技術が生んだ超兵器を使った民たちの自爆によって。神を倒そうとした反抗派は惑星モランごと神をも道連れにできると信じつつ、それを阻止しようとした信仰派は、神は永遠であり、それを信じる自分たちだけは復活できると信じつつ、モランの人間は滅びた。

だが、この両派に属さない第三の派が存在した。ごく少数の人間たちが、この戦争に巻き込まれる前に、惑星モランを脱出していた。彼らはその後、モランがあった宙域を捜索して瀕死の神を発見、救出に成功した。彼らは破壊されたモランの比較的大きな破片である小惑星内に黄金の神殿を築いてその神を祀《まつ》ると、新天地を目指して故郷の宙域を離れた

――

『つまり彼らは、神を信じつつ、それに頼らず自力で生きる道を選択したのです。われわれ現人類は、そういう彼らの子孫というわけです。太陽系人もランサス星系人も、およそヒト型の生き物はみな、惑星モランを支配した神によって、創造された』

『で、あんたは、その神を発見したと、そういうことか』

『ある意味では、そう。そういうことになるでしょう。神殿は、たしかにあった。その前にわたしは、その神殿を護る秘密の一族というものが存在することを、発見していた。何千世代にも亘って生き続けてきた、モランの民の直系の子孫ということになる。彼らは神の存在を公《おおやけ》にはしなかった。その逆だ。彼らは神を封印し続けるための一族と言えるでしょう。二度とモランの悲劇を繰り返さないために、彼らは神を封印、隔離したのです』

『その神の名は？』

『唯一絶対の存在には、他と区別するための名は必要ない、だからついていない。それは、神だ。それ以外の何者でもない――』

『本気で言ってるのか？』

『一族の長が、そう言った。神の名は絶対に漏らしてはならないということで、表向き、名はない、なぜならこういう理屈で、と言っているだけなのかもしれないですが』

『あんたはその一族と接触して、そういう話を聞いてきたというのか』

『そのとおり』

『よく生きて帰ってこられたな。その事実が、あんたのそんな話など嘘っぱちだと証明しているよ。あんたがゾンビで、そういう一族に襲われて自分は死んだのだという話なら、神はともかく、そういう一族の存在は信じてやろう。あんたは、ゾンビか？』

『面白いことを言う人だ、気に入った』と口調がここでがらりと変わった。『本当のことを言おう。わたしは、トレジャーハンターだ。かつては学者だったというのは事実で、モランの神を封印し続ける一族の話もまた真実だ。わたしが、その一族の出身だからね。だが当時のわたしは、一族の秘密を知らなかったし、知ったときは、馬鹿げていると鼻で笑ったものだ。――そう、わたしはその神殿のある土地で育ったわけではない。地球人だ。わたしは祖父から聞いたその一族の秘密とやらを論文にして公表した。無論、事実の話などとしてではなく、このような伝承がある、という内容だ。にもかかわらずだ、その論文一つで、学者生命が断たれた。学会自体には、もちろんそんな力はない。一族の力だ。当時のわたしは将来を嘱望された少壮気鋭のエリート学者だったというのに、いまのわたしは〈学者〉という生き物の、生ける屍、ゾンビだ。遺跡を盗掘して餌を漁るしかない存在だ。きみの指摘はなかなかいいところを突いていたよ。わたしに、過去の痛みを思い出させる、鋭い指摘だった。そう、きみなら信用できる。わたしは盗掘の助手を求めているのだ。それを務めるには、体力があって恐れを知らないだけではだめだ、きみのような頭脳が必要だ。きみなら、できる』

『黄金の神殿と言ったな』

『そのとおり。すべてが黄金でできている。全部は持ってこれないだろうが、持ち出した分を、山分けだ。五分と五分。黄金そのものにはさほど希少価値はないので、現場できみが感動するに違いない、その光景から期待するほどには、儲からないだろう。あらかじめそう言っておく。さて、どうする』

『前金が欲しい』

『まとまった前金といったものは出せない。だが経費はこちらで持とう。黄金は確実に手に入る』

『なぜ一人でやらない』

『体力の限界というやつだ。一人では、神殿に入ることはできても、金塊を持って出るのが大変だ。神殿は地下の空洞内に造られているのだ。建築時の出入り口は塞がれているが、地表から井戸のように掘られた穴が空洞の天井部分に通じていて、そこから降りることになる。きみの若さでも一人では危ない。信頼できる助手が絶対に必要だ』

『なぜ引退しない。いまさら大金を稼いだところで、あの世にまでは持っていけないだろう。目的はなんだ』

『きみはまったく用心深く、勘もいい。ますます気に入った。そうとも、金などどうでもいい。目的は、復讐だ、一族への』

『その一族の話は本当なのか』

『言ったとおり、真実だ。わたしはその一族の出身だ、というのもな。わたしの将来を奪った一族が憎い。恨んでいる。神殿を穢《けが》してやりたいのだ。神殿の価値は、それが鉛ででき ていようと何でできていようと、計り知れない。その考古学的、宗教的な価値は、およそ金には換算できないだろう。もの凄い、貴重な存在なのだ。わたしは、それを、ぶち壊したい。ずっとそれだけを願いつつ生きてきた。本物の神殿を発見するのに、この歳までかかった』

『本物の？』

『総本山、本社、本殿と、いろいろな言い方がある。とにかく、そこには神を象《かたど》った黄金像が祀られている。それを持つ者は神の御許に行けるという』

『あの世へと、か』

『いや、生きたまま謁見できるという言い伝えだ。その黄金像が神の居る方向を指示するのだとか。それに導かれて神に謁見できた者は不老不死を得る』

『だれか成功した者は？』

『いないだろう。というのも、我が一族が護ってきた神殿はレプリカだからだ。支社だよ。本物ではないのだ』

『そのレプリカは、どこだ。本物ではないという、その神殿はどこにある。地球か』

『月だ。月の裏側にある』

『月とは、地球の衛星だな』

『そうだ。あれは、もとはといえば、モランの衛星だった。モランを脱出した一派、わが一族もその一派なわけだが、月を使ってモランから離脱したのだ。月を宇宙船として使ったのだ。そして、地球を第二の故郷とした』

『フムン』

眉唾な話だった。ありがちな法螺話と言うべきか。この老人は若いころになにか精神の病に冒されたのかもしれない。

『本物の神殿はどこにある』と訊く。『どの小惑星だ。神殿が造れるほどの大きさの小惑星なら、識別ナンバだけでなく、名がついているはずだ』

『それは言えない。当然だろう、聞き逃げされてはかなわないからな。あなたが承知するというのなら、わたしが直接案内しよう。小さいが足の速い宇宙艇を持っているのだ。その船底のハッチを神殿に通じる穴と直結して、神殿内に侵入する』

この老人が妄想世界のことを話しているのかどうかは、行動してみればわかることだ。経費は出すというのだから、事実を確認するまでは食いっぱぐれる心配はない。成功したあかつきには分け前の他にその宇宙艇もくれ——そう言うと、老人は一瞬の間をおいて、承知した、と言った……

それにしても、あいつの名はなんといったろう、あの老人の名だ。思い出せない。名のらなかったのだろうか、それも覚えがない。互いに名を呼び合うということはしなかったのはたしかで、不自然といえば不自然だが、そういう不自然さに気がつかないままここまできたというのもおかしな話だ。なにか自分は、この仕事を受けたときからおかしくなったような気がすると、匋冥は思う。あいつに心理的な操作をされていたのかもしれない、恐れや疑いを抱かなくするような薬を盛られたとか。

神殿は、たしかにあった。あのときの話のとおり、井戸のような、空気孔だろうと思われる垂直坑を抜けると、広大な空間が開けていた。細いケーブル一本で懸垂降下しながら足が着いたそこは、すでに神殿の中央ホールなのだった。見上げれば、細い蜘蛛の糸のようなケーブルで支えられた老人の姿があった。

『本当だったろう』と老人が嬉しそうな声で呼びかけてきた。『納得したかね』

匋冥がうなずいてみせると――そうだ、この時点で、あいつを撃ち殺せばよかったのだ、レイガンで一撃だ、自分のケーブルまで撃たないように気をつけなければならないが、撃ち損じるはずもない距離だった――では作業に取り掛かろう、と老人は言った。

『わたしは上で、きみが切り取った金塊を引き上げる。打ち合わせのとおりだ。あまり欲張るんじゃないぞ。作業中止、引き上げの呼びかけに従わないときは、おいていくからな』

わかった、と匋冥は答えた――そうだ、このときでも、まだ間に合っただろうし、おき去りにされる危険を意識すべきだったのだ、わざわざあちらからそれを警告してきたというのに、本当に自分は、なにをしていたのだろう？

周囲の光景に感嘆していた。広帯域ゴーグルのモードは自動でサングラスモードになっていて、暗視機能はオフだった。金色の光に満ちているのだから当然だ。

光源は、上から投げ落とした発光ボールが十個ほどだけだったが、それらを圧倒的に上回る光量だった。その発光ボールはといえば、より強い周囲の光を浴びているためおよそ光っているようには見えず、黄金の床に転がっているただの白い玉にすぎなかった。

どこを見ても影が出ていないことから、これはこの神殿内部のすべてが発光しているのだとわかる。おそらく、投げ入れた発光ボールの光に励起されて一部が輝き始め、その光がまた次の光を呼び、それが全体に広がったのだ、そう思った。

金という物質にそのような性質があるわけもないから、神殿の材質は黄金などではなかったのだろう。でなければ、幻視だ——状況を振り返って匈冥はそのように考察するが、そんな理屈はどうでもいいと思わせる光景ではあった。

目の前には、見上げてようやく全体が視野に収められるかというほどの、巨大な玉座がそびえていた。神の座だろう。最初は、椅子だとはわからなかった。背もたれは高く立っているが、座面はなめらかなスロープとなって下りてきて、床と一体化している。その形状からは、安楽椅子といったほうがいいのかもしれない。

すべりやすいスロープをあがり、左右を見ると、大きな棚状の肘掛け部分がスロープ前方に向かって空中に突き出していた。スロープは奥に向かって落ち込みながら座面を形作り、突き当たりで急激に上に向かって立ち上がる、それが、背もたれだ。

両側の肘掛けの存在がヒントになって、これは椅子だと気づいた。宮殿ならば玉座だが、ここは神殿だから神の座だろう。どこまでもなめらかで、金色に光り輝いていた。

神は偉大なり——この神の座の大きさはそれを直截《ちょくせつ》に表現したものだ。あるいは、本当にこのような巨体だったのかもしれない。目に見えない神の気配に威圧され、黄金を削りとって運び出そうという気持ちにはなれなかった。この場の物を傷つけるなどというのは罰当《ばちあ》たりだと思った……

あの気分もまた、変だったと、匈冥は思い返して、そう思う。かつて獲物を前にしてあんな気分になったことはない。普段の自分なら、こんなにでかくて重い物をどうやって解体して運び出せばいいのだと、うんざりしているところだ。あのときの自分は、自分ではない別の人格が侵入していたかのような、奇妙な状態だった。

奇妙といえば、あの追っ手連中はどこから出てきたのだろう？

きっかけは、あれを盗《と》ったとき、だ。神を象ったという黄金像。あの老人が唯一、所望した獲物だ。

『わたしはそれさえ手に入れられればいい、あとはきみに任せる。床を剝がそうが壁を打ち壊そうが、思う存分やってくれ。すべて黄金で出来ているから、やり甲斐があるだろう』

それは神の座の右の肘掛けの先端部分にある——そう教えられていた。しかし、神の座を下から見上げたときにはそれらしきものは見あたらなかった。それが神の座なのだとは思わなかったし、そもそも、空気までが金色の光を発しているような空間では、すべての輪郭があいまいで、物の形がよくわからなかった。

神の座の座面に上がって、これがその椅子だと気がつき、右の肘掛けだ、と思い出した。近寄ると、それは背丈以上の高さに張り出した岩棚のような巨大さで、予備のケーブルを射出し、それを使って上った。肘掛けの上で先を見やると、小さな突起があった。落ちないように気をつけながら近づいてみると、たしかに、それは立像だった。猫の。あの老人は、神を象った黄金像と言っていた。これがそうなら、つまりこの像が神の似姿だとしたら、神とは、猫の姿をしているわけだな、と思った。あるいは、老人の言っている像は、これではないのかもしれない。こちらは右肘を掛ける側だが、向かって右、つまり左肘側の先端にある像、のことなのかも。

しかし、そちら側の肘掛けには、見たところ、なにもない。

ならば、これなのだ。しかし、肘掛けの大きさに比べると、とても小さい。祀るにしても、位置がおかしい。本尊ならば、何重ものケース、厨子《ずし》といったものに入れられているのが普通だろう。

かがんで、注意深く観察してみた。なにか仕掛けがあって、取り上げたとたん、神殿全体が崩壊するのかもしれない。

そう考えたのだが、そこまで考えたのなら——とそのときを思い出して匈冥は思う、それは老人が仕掛けたものだと、少なくとも老人はそれが罠であることを承知しているのではないかと、疑ってしかるべきだった。疑えば、あの像に手を出すことはしなかっただろう。結局は、そのとおり、罠だったのだ。

予備のケーブルの端を注意深くその猫の首に巻きつけて結び、その細い糸のようなケーブルを延ばしながら、いったん神の座を降りた。そのようにして、この神殿に入ってきた天井の穴の真下まで来ることができた、すなわち予備のケーブルの長さは十分足りた。

見上げて、穴から垂れ下がっているケーブルを摑み、その端を、右手首に装着している巻き上げ機のキャッチャーに接続し、左手で神の黄金像に繫がるケーブルを持って、さあ上昇というところで、異変が起きた。

左手が、引っ張られた。右手首ではない。なんだこれは、とそちらを見た。

その瞬間の光景は実に印象的で、目に焼き付いている。猫の像が宙に浮いていた。そこからケーブルが一直線に左手に伸びてきていた。

そうだ、あの黄金の光に満ちた広大な空間で、そのとき、あの小さな金色の猫の像がはっきりと浮かび上がって見えていたのだ。それを目にしたとき、すでに周囲の黄金の発光は消えていて、その猫の像だけが光っていた、そういうことだ。

次の瞬間、めまいがした。闇になったのと同時だ。こいつは重力発生場の異変だ、とっさにそう感じた。

あのときのその判断は、おそらく正解だろう、と匋冥は思う。神殿のある小惑星を、外部から、つまりあの老人の宇宙艇からは見ることはできなかった。老人が許さなかったからだが、重力の感じからして、ここは、小惑星に重力場発生装置や移動用エンジンを組み込んだ宇宙船ではないかという気はしていた。その内部に神殿を築いたのだろう、と。

それはそれとして、いまいるこの洞窟は、あの神殿のあった場とは次元的に異なるのではなかろうか。

つまりこういうことだ、追っ手の連中が現れたのではなく、自分が、そういう連中のいる地中へと次元転送されたのだ、という考えはどうだろう。あの猫の黄金像の力で、だ。老人が言っていたではないか、それを持つ者は神の御許に行ける、と。

暗闇になって、落下する感覚があった。あの猫の黄金像は、ある種の転送装置だろう。落ちたところが、この洞窟内だ。その間、真っ暗で、しかもゴーグルがまったく機能しなかった。なにも感知しなかったということだ。落下中の周辺にはなにもなかったのだ。

次元転送ならば、そういうことはあり得る。Ωドライブではおなじみの現象だ。だとすると、ここは月かもしれない。いや、その反対であることも考えられる。あの老人は、月にあるという偽の神殿に案内し、そこで次元転送装置を使って、本物の神殿のある場へと、生け贄を飛ばしたのかもしれない、このおれを、瀕死の神のもとへと。

もし素手であの像を摑んでいたら、自分は直接神の口に入っていたかもしれない。連中にすればそれが実現するものと信じていたというのに、おれがその口に飛び込むのに失敗したものだから、これは大変と、追い立てた……

状況を判断するための考えの中に妄想が入り込み始めているのを意識して、匋冥は記憶をたどるのをやめる。

あの連中の殺気は本物だった、それは妄想ではない。彼らは必死だった。神を封印し続ける一族の兵士、もしそういう集団が実在するならば、近づきたくない相手だ。話し合いによる妥協など引き出せないと考えていい。こちらの理屈や説得はまったく通用しない。負けないためには力でねじ伏せるしかないだろう。

匋冥は岩のテラスの上で身体の向きを変えて、来た方向とは反対側、未知の方向を見やった。広帯域ゴーグルの能力をもってしても、奥までは見通せない。ごくわずかな光、発光カビほどの微光でもあれば、真昼のように見ることができるのだが、相変わらず、まったくの闇だ。

追っ手をまくため、こちらの位置を悟られるような手段はこれまで取っていなかったのだが、匋冥は、もうその必要はないと判断した。

感情や身体の興奮が鎮まっているのを意識してから、匋冥は岩から下りて、足下を探り、小石を取り上げると、未知の方向の、少し先の壁に向けて、力一杯投げた。小石は洞窟の岩壁に当たって火花を散らした。肉眼では捉えられないであろう微かな火花だったが、ゴーグル越しの視界では、その周辺にぽっと明かりが灯ったかのようだ。そのまま暗くならずに、見えている。

わずかな光源であったが、そのおかげで、奥はかなり広い空間が開けているのがわかった。投げつけた石が立てた音の反響でも、それは感じ取ることができた。

いままでは受動的探知だったので、周囲から放射されている微かな熱線などを探査しながら、足下に気をつけつつ、ほとんど手探り状態で進まなくてはならなかったが、いまはライトで照らされた道を歩くようなもので、ずっと早く進むことができる。

いまの火花の明かりによってゴーグルが探知できた範囲の、視覚限界地点に着いた。先は、漠とした空間だ。大きな空洞になっているというのは気配でわかるのだが、視覚的には捉えられない。広すぎて、受動探知ではだめなのだ。情報要素が散乱している。収束させるには能動探知のための光源が必要だ。

匍冥はレイガンをホルスターから抜いて、水平に構えた。レイビームは糸のように細いのでサーチライト代わりにはならないだろうが、岩を撃てば、それが赤熱して周囲を照らすだろう。そういう思惑で引き金を絞ろうとしたときだった、奇妙な白い靄《もや》が視界の中心に現れた。上からゆっくりと下りてきたかのようなその動きをゴーグルが感知した。ちょうどレイガンで狙いをつけた、まさにその中央だ。上から吹き付けられた霧状の液体か。可燃性のガスかもしれず、もしそうならレイガンで撃てば誘爆するだろう、気化爆弾のごとく。ここが小惑星ならば全体を吹き飛ばすことになるかもしれない。そう思いつつ観察するが、霧などではないようだった。拡散していかないのだ。逆だった。見ている間に凝縮していき、ゆらりとゆれる人影のようになる。

なにか意思を持った物体のように感じられる。実体化しつつある生物という気がする。姿を現してからでは危ない、食われるかもしれない、という本能的な恐れを感じる。さあ、どうする、本能のままに撃つか、理性を働かせてもう少し様子をみるか——どちらかを即時に選択しなくてはならない。

攻撃するならいまだと、匋冥は覚悟を決め、引き金を絞った。本能に従うかどうかを選択するという行為は、すでに理性のなせる技だと、思いつつ。

肉眼では見えないレイビームが、ゴーグルの視野内で細い銀糸のように輝いて、白く揺らめく幽霊のようなそれを貫いた。

直後、閃光弾が爆発したかのような反応があった。白い靄がまばゆい光を発して爆発的に広がった。爆風は感じないので、通常の爆発ではない。まばゆい光に目がくらむ。が、これも普通の光ではなさそうだった。広帯域ゴーグルが反応しないのだ。このような過大な光の入力があれば自動で遮光するはずなのだが、まばゆさはさらに増していき、思わず匋冥はゴーグルを左手でむしり取るようにして外した。

そして、息をのんだ。

匋冥は、神殿の中央に立っている自分を発見した。目の前には、あの神の座が、そびえていた。そうだ、あの、神殿と同じだ。だが黄金色ではない。純白の、これは、大理石だろう。

周囲を見る。円筒形の広いホールだ。見上げる天井は美しいドームで、やわらかな光がその天井全体から降り注いでいる。レイガンをホルスターに戻すとき、その自分の右腕の淡い影が床に落ちているのがわかった。自然な光と影だ。

すべてが磨かれた大理石でできていて、床には塵ひとつ落ちていない。

足下に目をやった匋冥は、左手に摑んだゴーグルのモニタ部分が白く発光しているのを見た。これではまぶしいはずだ。過大入力のせいで故障したのかもしれない。あるいは、と匋冥は、ゴーグルの制御システムをリセットしながら、思う。

――いままでこれを外さずに行動してきた。外してはならないという催眠暗示をかけられていた可能性はある。あの老人が、こいつを使って架空の光景をおれに見せるために。実際、あの洞窟内では外す気になれなかったではないか、闇が怖くて。本来神殿は、黄金ではなく、このように大理石でできていて、おれは実は、あの黄金の神殿から一歩も出ていないのかもしれない。あの追っ手たちも、自分が洞窟をさまよったというのも、このゴーグルの操作によって喚起された錯覚だったのだとも疑える。視覚は強力な現実感覚を生むものだ、それによって、触覚も聴覚も運動感覚すらも騙されるというのは、ありそうなことだ。

しかしゴーグルでよかった、と匋冥は思った。このゴーグルが持つ機能を直接生体の眼球内に組み込むことは可能だ。海賊の中にはそういう眼を持った者も多い。だが匋冥は、時代遅れと言われようとも、自分の身体改造には慎重だった。機能を追加したり強化すること自体にはなんら抵抗感はなかったが、自分の意思で即座にその付加機能をキャンセルできないのは、絶対に嫌だった。

その自分の性格がいま役に立ったわけだと思いつつ、再起動し正常な機能を取り戻したことを確認したゴーグルを、そのストラップを延ばして、首から提げ、匋冥はあらためて肉眼で周囲を見やった。

——最初から黄金の神殿などなかったのだとすれば、あの老人の目的はこのおれを黄金で釣って、ここに誘い込むことだったのだ、となるだろう。力ずくで拉致してここに放り込むこともできて、そのほうが回りくどくなくて簡単だろうに、どうやら、自分の意思でここに来ることが重要なのだろう。それは、ここがどこであれ、肝心な点に違いない。つまり、いま居るこの場に、自分の意思で来ることが、絶対条件なのだ。

〈ああ、そのとおりだ〉

自分の考えに同意する声が聞こえた。自分の心の声だと思いつつ、ここは真の意味での神殿なのだろう、瀕死の神を閉じ込めたという場だ、そう考えを進める中に、また謎の声が割り込んできた。

〈そのとおり、わたしはここに、封じ込められたのだ、活きのいい若き海賊よ、おまえの考えは正しい。ここは神の墓だよ。生きながら葬られた。わたしは不死なので、葬られたというのは正しくないだろうが、わたしにすればそうなのだ〉

これは、おれではない、と匋冥は判断する。別人格だ。こいつは、おれの心の中ではない、外部にいる。

もういちど周囲を見回すと、神の座に、なにかいた。姿は見えない。だが、巨大な、なにかが、いるのだ。その座に似合う大きさの、気配がある。透明なゼリー状の、不定形の、うねりのような動きを感じる。視覚では感じ取れないというのに、なんとなく、わかる。奇妙な感覚だ。

「質問してもいいか」と匋冥は、訊く。

〈かまわないよ。ここから出ることはできないが、さりとて眠ることもできない身の上でね。退屈しているのだ〉

「なぜ――」自分でも思いがけない質問が口をついて出た。「眠ることもできないんだ？」

ここは、『おまえは、老人が言っていたところの、神なのか』と訊くべきところだろうに。

相手も驚いたようで、とまどったような間の後、空間に気圧変動の波を感じた。音にならないドラミング現象のような。

こいつ——と匋冥は怒りを感じた、いや正確には、怒りの火種だ、本気で怒るのは危険だと感じて、とっさに感情を押し殺している——笑っているぞ、このおれを。嘲笑《あざわら》いではない。単純に面白がっている。圧倒的に優位な立場の者にしかできない笑いだ。

〈面白い質問をする海賊だと思ったが、いやいや、腹を立てつつ、それを悟られまいとするとはな。そういう態度こそ、面白い。おまえはいままでわたしの相手をしにきた、だれよりも、骨がある。こたえよう、わたしが眠り込んでしまったら、わたしの存在を人間たちは忘れ、つぎにわたしが起きたときに、わたしを知る者がだれひとりいなくなるのを、彼らは恐れたのだ。生かさず殺さず、半殺しの状態でここに閉じ込めておくこと、それが彼らの目的だ。それには、最小限の餌を与え続けることだと、彼らはそのやり方も知っているのだ。そうだ、生け贄だ。おまえの考えは正しい。自分の運命を知っていながら、おまえはここに来た。とても活きがいい。そうでなくては、わたしは眠ってしまうだろう〉

「おまえは、猫なのか?」

これも、なにも考えることなく出てきた質問だった。また、笑いの波動。

〈ちがう。あれは、わたしの好きな動物だ。彼らはそれを知って、わたしに猫の姿でいてくれと願ったのだ。わたしは猫でも人でもない。それらを創り出した者だ〉

「人だけでなく、猫や動物も、おまえが創ったというのか」

〈猫でやめておけばよかったのだが、いったん開始された進化を止めることはわたしにはできなかった。わたしはきっかけを与えただけだ〉

「こいつは面白い」と匋冥は笑った。「進化論を認める神は、初めてだ」

〈彼らが、神と呼んでいるだけさ〉

「おまえは」と匋冥は言う。「ある意味で、人間だ。なぜなら、こうして人間のおれと意思疎通ができるからだ。だが、おまえは最初からそうだったわけではあるまい。いまは人間そのものだが、かつては、猫だったこともあるんだ。猫でやめておけばよかったのだが、とおまえは言った。そういう言葉の裏を読むならば、おそらくおまえは、動物の進化と同時に自らも進化した存在だろう、と想像できる。おまえがこうした言語意識を持ち、おれの言葉が理解できるということは、人間を相手にする必要が、おまえのほうであったからだろう。そのために、おまえ自身も、人間に合わせて進化したんだ。おまえは、動物という存在の、肉や血や身体ではない、なにか精気や精神活動といったものを捕食する存在なのだろう。動物の進化に合わせておまえも進化しなくては、死ぬ。いいや、もともと生きているわけではないから、休眠する、という感じだろう。死ぬなどという高等な体験のできない、下等な存在なのだ、おまえは」

　匋冥はよどみなく、自分が考えついた内容を言い放った。すると相手は、しばらくの沈黙の後、応答してきた。

〈なかなか食えない海賊だ。いまおまえが言った、わたしという存在をそのように捉えた人間は、おまえが初めてというわけではない。だが、わたしを、下等な存在だ、と断言した人間は初めてだ。で、おまえは、これからどうなると思う？〉

「寿命まで生きて、そして死ぬ、と思うが、おまえという存在に出会ったおかげで退屈しない人生を送れることだろう」

〈いいぞ、その調子だ。わたしに挑戦するなら、それもけっこう、相手になってやろう。どうしたい？〉

「なにもせずに、ここから出たい」

〈それは虫がよすぎるというものだろう。おまえ自身が、望んで、ここに来たのだ。なにもせずに帰してくれは、ない〉

「どうしたい、と問われたから、答えただけだ。ま、ただでは済まないだろう、とは思っている」

こいつはこちらの思考が読めるようだから、と匈冥は考える、これは自分を相手にゲームをするようなものだ。いや、文字どおり、そうなのかもしれないと匈冥は思いつく。

こいつはある意味で人間だ、と感じた、あの考えを敷衍《ふえん》すれば、この、いまこちらに呼びかけてきている存在は、鏡に映った自分自身と言ってもいいのかもしれない。食うべき動物に合わせて共進化してきたのなら、個体レベルでも、効率的にこちらの精神活動といったエネルギーを奪取するために、こちらの精神意識をそっくりそのまま鏡に映すように再現し、そういう仮想の人格を相手の心の中に忍び込ませるという戦略は、合理的なものに思える。

〈いい覚悟だ、海賊〉いまの思いつきへの反応は見せずに、そいつは言った。〈もちろん、ただでは済まないさ〉

神の座で、目に見えないそれが動く気配を感じて、匋冥は身を強張《こわば》らせる。

〈おまえは、のどが渇いているはずだ〉

神の座の、透明な、しかし大きくて重い気配が、いきなり弾けた。そのように、感じた。次の瞬間、匋冥は、水中にいた。空気が一瞬に水に置き換わったかのようだ。透明な水。一瞬、心理的恐慌に陥りかけたが、身体の防衛反射のおかげで水を吸い込むことはなかった。耳に水が入って平衡感覚が怪しくなっていたが、よろけても、水の圧力のおかげで倒れることはなかった。

光はあった。光のある方向が、上だ。床から足が離れて浮き上がりかけていたが、膝を曲げていったん沈み込み、大理石の床を蹴って、勢いよく上昇する。水面が見えていたので窒息するかもしれないという不安はなかった。だが神の座の座面は水中に没していたから、永久に水面を泳ぎ続けなくてはならないのかもしれないと思いつつ、浮上する。

上がれる場を目で探す。ちょうど肘掛けの部分が桟橋のような形で水面に出ていた。ロに入る水を、飲む。のどの渇きはそれで癒される。泳ぎ着き、上陸する。

〈よく飲んだか〉

頭を振って水を飛ばし、顔をなでて水を切り、ゴーグルが首から下がっていてホルスターにレイガンもあるのを確かめてから、応える。

「ああ、もちろんだ」

〈おまえが飲んだのは、実は汚水かもしれないのだぞ〉

「猫の小便だろうがなんだろうが、飲めればいいんだ。臭くて飲めないとしたら、それは身体が必要としていないからだ」

〈なるほど、素直でよろしい。空腹になったら鼠のミイラでも食える、ということだな〉

「げてもの食いは趣味ではないが、鼠の干し物なら、上等だ。サベイジでは目刺しにして売ってるよ。おまえのいまの喩えは、よくない。鼠にも、干し物作りの職人にも、悪いだろう」

〈それは失敬した。では、これは、どうだ〉

泳いできた反対側、神の座のほうの水面に泡がたち、そして、黒いものが現れた。人間の頭だった。水面でそれが上下すると、黒い髪が広がった。匃冥はレイガンのグリップに手をやって警戒する。生首が浮いてきたのか、あるいはゾンビのような化け物かもしれない、と。だが水面から出てきた顔は、健康そのものの、若い女だった。

「手を貸してちょうだい、匃冥」

褐色の引き締まった腕を水面から伸ばして、女が言った。匃冥は反射的に手を差し出している。女はその手を握ると、ざっと水を切って、上がってきた。全裸だった。素晴らしい肢体だ。きめの細かいブラウンの肌は水を弾いて皺ひとつない。両手を首の後ろに回して女は長い髪を持ち上げ、首を傾げてポーズを作り、微笑んだ。つんと上を向いた乳首、丸い乳房、くびれた腰、完璧なラインだ。

「……なんで、なにも着ていないんだ？」

「あら」と女は言った。「あなたが一枚一枚、はぎ取ったのよ。それからいきなり水に放り込んだんじゃないの」

「そういうことか」と匃冥。「現代衣装のことがわからないので、服を着せていないのかと思った」

〈なかなか鋭い指摘だ、若き海賊よ。ボディラインにも、流行があってね。だが、完璧なボディだ、おまえの好みを実現しているはずだからな。いい出来だろう？　これを支配したいはずだ。できるさ。この女はなんでもおまえの言うことをきく〉

「来て、匃冥。わたしに自分でこの火照《ほて》りを消せっていうの？」

女は匃冥を見つめながら腰を下ろし、立てた両膝を抱えて胸を隠し、「見たい？」と言った。それから、両腕を膝から離してのけぞり、少しずつ、膝を開き始める。匃冥はその膝の間に乱暴に割って入った。左の乳房を掴み、右の乳首を口に含む。女の手がこちらの股間をまさぐるのを、匋冥は拒まない。

結びついたまま上から下へ身体を入れ替え、また体位を変えて、を繰り返し、三度射精して、離れた。仰向けになって目を閉じ、息を鎮める。

〈強欲な海賊だ〉

「おまえも元気になるわけだろう。おれの欲望をかき立てて、それを食うのだろうから」

〈わたしに精気を吸い取られて衰弱するかもしれないという警戒なしで、純粋に快楽をむさぼるというのは、珍しい〉

「おれの他にも純粋に楽しんだやつがいたというわけか」

〈いたさ。何人か〉

「そいつらは、どうなった」

〈おまえが先ほど言ったとおりだ。寿命まで生きて、死んだよ〉

「ここで?」

〈そうだ。みな例外なく短い寿命でね。長く生きた者は一人もいない〉

「そいつらは、馬鹿だな」

〈どうして〉

「ここから出て、死ぬべきだった」

〈おまえは、出られると思っているわけだ〉

「おれの心が読めるんだから、いちいち確認しなくてもいいだろう」

こいつは、ここでは、まさしく神のごとき力を持っている存在だというのは間違いない。が、全能なる神ではない。ここに幽閉されているというのが、何よりそれを証明している。

こいつは、おれよりも切実に、ここから出たいと願っているに違いない。願いを持っている相手とは、取り引きが可能だ。

〈さて、おまえにそれが、できるかな？〉

「おまえは絶対におれをここから出さない、というのか」

〈おまえは、おまえ自身の意思でここに来た。出るのも、おまえの意思だ。わたしには、出ていこうと決めたおまえを止めることはできない。だが、ここから出られるのは、一人だけだ。ここの仕掛けが、そうなっているのだ。愛する者をおいていけるかな？〉

「女と一緒は、駄目ということか。かまわないさ。どのみち、あれは、おまえに創られた、よくできたダッチワイフだろう」

〈違う。ちゃんと孕《はら》むこともできる、真の女だった〉

「——だった？　なんで過去形なんだ」

脱ぎ捨てた服を着ようと身を起こし、立ち上がりかけて、匋冥はぎくりと動きを止める。

口の周りを真っ赤に染めた子供が座っていた。まだ幼児だ。並んで寝ていたはずの女の姿はない。

　中腰の姿勢で、目が合うと、子供が言った。

「パパ」

「なに？」

〈そう、おまえの子だ。その子は、母親の肉を食って育った。おまえの助けを必要としている。おまえを全面的に信頼しているんだ。無条件で、だ。かわいいだろう？〉

なにを、馬鹿な、と反論しようとして、それができない自分を匋冥は意識した。なにか、そう、育児本能のスイッチが入れられた感じだ。子供の口の周りについているのは、食ったという母親の、血だろう、先ほどの女の。匋冥は、おもわずその子を引き寄せると、掌で水をすくって、血を洗い流してやる。そうせずにはいられなかった。綺麗にしてやりたかったし、この血は母親のなどではなく、怪我をしているのかもしれないと心配する。無性に、かわいそうで、かわいい。

〈そうとも〉とそれが言った。〈それでこそ、人間というものだ〉

「おまえは……何者だ？」

　心から、そう問うている。こいつは神などではないと侮《あなど》っていた自分が、信じられないほどの馬鹿に思えた。

〈彼らいわく、神だ。おまえは、なんて呼ぶ？　なんでもいい、そうだろう〉

「おれに、なにをした。おまえには何ができるのか、そう訊いているんだ」

〈わたしはおまえたち人間に、五欲を組み込んだ。ほとんどが、他の動物がもっている欲と同じものだ。いま体験させてやったろう〉

おまえは、渇きには耐えられない。いざとなれば猫の尿でも飲む。水を欲する。

おまえは、女なしでは生きていく気がしない。性欲だ。

おまえは、もちろん、食わなくては生きていけない。死にそうなまでに腹が減れば、情を交わした女でも食う。食欲には勝てない。

おまえは、一人の女だけではなく、多くの人間に称賛されたいという欲求を持っている。これは支配欲が、そうさせるのだ。

おまえは、自分の子をかわいがらずにはいられない。保護し育てることに喜びを感じる。それは、おまえ自身が、だれかの役に立ちたいと思っていることから出ている。それは、協調欲だ。

〈人間を人間にしているのは、この五欲なのだ、海賊よ。わたしの力では進化は止められないと言ったが、進化方向を制御することはできる。わたしは、おまえの言うとおり、そのような欲を充たしたいという生命体の、渇望の波動を、食うのだ〉

「おれがあの老人を殺せなかったのも……」と匋冥は、突然、思いついた。「おまえの、そういう干渉のせいなんだな」

——のどの渇き、性欲、食欲、支配欲、協調欲。それらが、そのときおれがやりたい本当のことを、阻止するのだ。自分の意思でやろうとしてもできなくしているのは、それらなのだ。あの老人を殺せなかったのは、まさしく、これが原因だろう。

〈干渉だ？　それはまた、面白い。面白いことを言う海賊だな、ほんとに、退屈しないよ。いいか、若き活きのいい人間の男子よ。おまえからその欲を取ったら、抜け殻だ。死体と同じだ。おまえが考えるところの、ゾンビというやつだ。いいや、ゾンビとて食欲はある。わたしは、おまえに干渉しているのではない、おまえを人間にしてやっているのだ。人間でない状態になりたいというのなら、わたしには、それも、できる。いまのおまえから、その欲を、抜き取ってくれよう。それこそが、人間存在に干渉する、ということだ。いいか、本来のおまえは、分子レベルでは多種多様な細胞生命の集合体にすぎないし、原子レベルでは個性のない物体にすぎないのだ。ただの塵の集まりにすぎない。それを、わたしが、生というものを楽しめる存在にしてやっているのだ。わたしは、おまえの生、生きているという状態そのものを、生じさせてやっているのだ。おまえに、これができるか？　わたしは、神なのだ。わかったろう〉

匋冥は怒りを感じたが、濡れて着にくい服をなんとか身につけている最中に、いつのまにか子供がホルスターから抜いたレイガンを逆さに持ち、銃口をのぞいているのを目にして仰天し、怒りはどこかに飛んでいる。さっとガンを取り上げて、水面に向かって放り投げる。子供が泣き出した。抱き上げて、あやそうとする。

——おれを嫌いにならないでくれ、頼むから。悪かった、でもあれは危ないんだ、おれの不注意でおまえが死んだら、生きていけないぞ。

本当に自分の心の変化が信じられない。子供は嫌いではなかったが、さりとて好きというわけでもない。関心がなかった。他人の親馬鹿ぶりを見て、自分はああはならないだろうと漠然と思っていただけだった。子供が欲しいと思ったことは一度もない。それが、どうだ、いまは。これは、あいつが誇張して感じさせているのだろう、そうに違いない。

〈いいや、ごく標準的な、感覚だ〉とそれは言い、続けた。〈もうちょっと、試してみるか?〉

いきなり子供が見えない手でさらわれて、レイガンを投げたあたりの水面に飛ばされた。ザブンと着水した子供は、盛大な飛沫を上げて手足をばたつかせ、そのままでは溺れる。匈冥はすでに飛び込んでいて、泳ぎ着き、救い上げる。

これは、幻覚だろうか?我が子だと信じさせられているだけかもしれない。だが、この子が溺れ、沈んでいくのを見過ごすことは、どうしても、できない。

〈さすが、海賊、いい泳ぎだ〉

冗談だろう、宇宙海賊だぞ、と憤《いきどお》りながら、子供を先に、続いて自分も上陸する。精神的に疲労しきった感じで、なにも考えたくない。だが、考えなくてはならない。

なんとしてでも問題を解決し、ここから出るのだ。

〈その子が成長して、性欲を抑制していた機構が解除される年になれば、おまえを捨てて、ここから出ていくことになる。その子をおいて出ていくつもりなら、それまでに決断しなくてはならない〉

匋冥は頭を振り絞る。このような絶体絶命の立場に立たされたのは初めてな気がした。何度も死線をかいくぐってきたというのに、いままでのは、子供の遊びだったのだ、と思える。

さきほど自分は、自信たっぷりだったではないか、何を考えたろう？

「取り引きだ」と匋冥は、ゆっくりと、口にする。「わかっているよな、おれの思惑は」

〈急に姑息な海賊に変わったな〉笑いのさざ波が感じられる。水面がざわついているのだ。

〈豪胆な海賊魂はどうした。恐れを知らぬ、無鉄砲さは？〉

「くそう」匋冥は怒りを今度こそ、解放した。「死ぬこともできない下等な、生き物でもないおまえに、姑息呼ばわりされる筋合いはない。おまえは明日を夢見ながら眠ることもできない哀れな存在だ。定期的におれのような餌を与えられるから眠ることができないとおまえは言うが、ようするに、餌を拒否して自ら眠りを選ぶということができないということだろう。おまえは、自分ではなにもできない、腑抜けだ」

そして匋冥は息を継ぎ、怒鳴るように、続けた。

「おれが、殺してやろう。おまえを。死でもって、おまえを解放してやる」

〈血迷ったか、海賊。わたしは不死なのだ。死ぬことのできない存在だと、おまえ自身、言っているではないか。そのとおりなのだ。モランの叛乱の民も、そのことは知っていた。結果としてわたしはいわゆる瀕死の状態になったが、それは、餌が劇的に減ってしまったからだ。そうとも、叛乱の民は、そういう手段で、自らが滅びることで、神の殺害を企んだのだ。それは、こういう形で成功したと言えるだろう〉

「なぜ、ここから出ることを考えないんだ？　いま、人間は、他の恒星系でも繁殖しているんだ。おまえは、ここから出れば、さらに大きくなれるだろう。進化がまた始まるんだ」

〈猫で止めておけばよかった。あれは、わたしの本音だ。もういい。わたしは、やりすぎたのだ〉

「後悔している、と」

〈人間なら、そういうことになる〉

「人間になれ」と匋冥は言った。「そうすれば、死ねる。おれが、殺してやる。おれは血も涙もない海賊だ。子供だって殺せる」

〈我が子は、殺せない。それが、わかったろう。一時の気の迷いで殺すことはできるだろうが、殺した瞬間に正気に戻り、あとは死ぬまで地獄の苦しみが待っている、それも、い

まのおまえにはわかるだろう〉

「そういうおれの人間性に、干渉してくれ」

〈なんだと？〉

「協調欲、と言ったな。それを、おれの存在から分離してくれ。消去してはならない。分離し、それにいつでも触れられるようにするんだ。おまえなら、できる。神だと豪語したんだ。はったりだった、とは言わせないぞ」

〈そのようにして、その子を殺し、ここから心安らかに出る、ということだな。わたしを殺せる、という話はどこへ行ったのだ？〉

「この子は——」匈冥は、抱いている子供の柔らかな肌を愛おしく感じながら、言う。「この世に生まれ出ることができなかった、おれの子だ。この世とは、ようするにここから出た、おれの生きている場だ。そうだろう？　頼むから、この、いまのおれの心の痛みを取ってくれ。協調欲とやらを分離してくれ。おまえは、神だろう。もちろん、ただで、とは言わない。供物《くもつ》を捧げる」

〈おまえというやつは〉

水がさざめき始め、それはすぐに大きなうねりとなり、渦を巻くと、栓が抜かれたように、見る間に水位が低下してゆく。

——これは、神の怒りだ。

そう匈冥は、冷ややかに、思う。

肘掛けのテラスから下をのぞき込む。かなりの高所だ。すでに水はない。すっかり乾いている。レイガンを目で探すが、見つけられない。

〈我が子をわたしに差し出すというのか。わたしに、その子を殺せ、と？〉

「おれが、殺す」

〈なんだと？〉

「おまえは、この子になれ。おまえは、いまおれの心の中にいるだろう。出て、人間になれ」

〈なるほど、そういうことか〉

胸に抱いていた子供が、身動きする。何か持っているのに匈冥は気づいた。

「これを」と子供が言った。「やる」

こいつ、すでに、我が子ではない——

我が子だったそれは、ずり落ちるように大理石の床面に下りる。まるでキューピットを思わせるそれが、銀色の大きな銃を匈冥に差し出した。

——天使か。

「おれが、撃てるか？」幼児の顔の、そいつが笑って言った。「撃てるなら、願いを叶えてくれよう」

さっとそいつが、飛び上がった。まさしく天使だ、翼が生えている。それは、光るドーム天井に向けて上昇する。

「楽しかったぞ、海賊・匋冥」そして、笑い声。

匋冥は、銀色の大きな銃を構え、狙いをつける。自分の銃ではない。どういう銃なのか、わからない。弾がこちらに向けて発射されるのかもしれない。それを承知で、匋冥は引き金に力を込めた。

——どういう結果になろうとも、この身に受け止めるというものだろう。あいつは、おれ自身を、見せてくれたのだ。

引き絞る。ぱっと天使の羽根が散り、身体が白く凍りついた、ように見えた。次の瞬間、爆散した。いや、そうではない。破片は飛び散らなかった。反対だ。散った羽などが、集まっている、命中した天使の身体があった空間に。あの身体は、爆縮したのだ。

天井にひびが入る。神殿全体が、揺れ始めた。爆縮中心に向かって崩壊しようとしているのだ。

匋冥は、とにかくここから降りなくてはと考え、足元を見て、そして、それを、見つけた。

猫だった。純白の。それは、肘掛けの先の、そう、ちょうど、あの黄金の神殿の、神を象った黄金像があった、同じ位置に、足をそろえて、こちらを向いていた。

「来い、クラーラ」

思わず、クラーラと言っている。純白だから、クラーラ。銀の銃をホルスターに突っ込み、匋冥は両手でその猫を抱き上げる。

すると、惜別の思いがわき起こった。強い、哀しみ。その感情の嵐に吹き消されるかのように、光が、消えた。

＊

『こうして、おれはこの世に戻ってきた』と匋冥は、ぼくに言った。『面白かったか？』

ほとんど上の空で聞いていたものだから、ぼくは、あなたは本当にあの世に行ってきたんですか、などと、とんちんかんな質問をしたのだった。

『あそこは、月だったんだ』と匋冥は気分を害したふうもなく、こたえてくれた。『地球の衛星、月は、いまはない。おれが、破壊した。正しくは、このフリーザーと、あいつの力だが、引き金を引いたのは、おれだ』

匋冥は、腰のその銃をポンと叩き、笑った。魔銃フリーザー。ぼくもその威力は、すでにそのとき、知っていた。

『でも』とぼくはまた言っていた。『よく、そんな大破壊の現場から生還できましたね』

『猫の形をした転送装置のおかげだ』と匋冥はしみじみとした口調で言った。『往きは黄金の猫像、帰りはクラーラがその役割を果たした。黄金の神殿はそのまま実在していて、そこに帰ったんだ。爆縮、崩壊していく神殿内が闇になって、もうだめかと覚悟を決めたとき、ふと音が消え、肩にケーブルが触れた。黄金の神殿に入ったときのやつだ。上を見ると、明かりが漏れている穴から、老人が見下ろしていた。引き上げてもらい、宇宙艇の中に入ってから、クラーラを放して、あの老人を撃ち殺した。ためらいはまったくなかった』

ぼくは無言で肩をすくめる。クラーラがいようといまいと、匋冥ならそうするだろう、と思ったので。

『黄金の神殿は、間違いなく小惑星内に築かれていた。おれがそこから転送された大理石の神殿というのは、月の地中深くに位置していて、転送装置以外に出入りする手段はない。月の裏の地表にはもう一つの神殿、老人が言っていた、黄金の神殿のレプリカが、たしかにあったらしい。つまり、神殿は三つあったわけだ』

ぼくは、よくわかった、とうなずいてみせた。実のところは、あまり聞いていなかったもので、三つでも四つでもかまわないじゃないか、と思ったのだが。

『黄金の神殿のあった小惑星は宇宙船に改造されている、という予想は正しかった。それを管理、運行する連中は、あの老人の奴隷だったから、おれが彼らを解放してやったことになる。洞窟内でおれを追ってきた連中ではない。あれは、幻覚だったと思う。ゴーグルによる幻覚だろう』

まあ、そのへんは、あまり本筋とは関係ないんじゃないですか、とぼくは、いかにもよく聞いていたと思われるように、そう言うと、匋冥はうなずいて、続けた。

『小惑星の連中は、おれの最初の手下どもになった。そう、あれが、おれの初めての、自前の海賊船だ。黄金はカーリー・ドゥルガーを建造する裏資金として、おおいに役に立ったよ』

で、神殿に神は本当にいたんですか、と、また、よく聞いてなかったことがばれてもしかたがない質問をすると、おまえはどう思う、と聞き返された。

『あの神は、死んだと思うか？ それとも、解放され、いまもわれわれ生命と共に進化し続けているのか。どう思う』

『ぼくは』と、どぎまぎしたが、動揺を隠して──ぼくは若いころからそういうのが得意だったから──こたえた。『クラーラに、乗り移ったんでしょう』

すると匋冥は、実に、なんとも哀しげな表情を浮かべて、言った。

『おまえ、なにを聞いていたんだ？』

ばれてしまったんだ。でも耳に入った音は記憶されていて、いまぼくが記したのは、それを再生して、再構成したものだ。あのときのぼくもそうするか、じっくりと耳を傾けて聞いていれば、匈冥の気分を損ねるような失敗はしなかったろうに。

いや、いまなら、その匈冥の表情が、ぼくに向けられたものではなかったのだというのが、わかる。

あのとき、匈冥は、近寄ってきたクラーラを両手で抱き上げていたのだ。おとなしく抱かれている白い猫を見つめる海賊の目は、本当に物憂げに沈んでいた。あの表情は、海賊王のものではなかった。ただの人間として、全き一個の人として、自らの罪の重さにじっと耐えている、そういう者の、目だった。

クラーラは、神だと思う。匈冥だけの、神。匈冥が犯した罪の、すべてを、クラーラは知っている。

匈冥を真に裁けるのは、その神、クラーラだけなのだ。

被書空間

その年のマースコム賞はどういうわけか広域宇宙警察の火星ダイモス基地・対宇宙海賊課チーフ・バスターが受賞した。マースコム賞は火星記者クラブが、年間で最も対マスコミ関係で苦労した者という規準で選ぶものだった。

賞などというものには縁のない、苦労性のチーフ・バスターは、いわばこの「苦労賞」というべきマースコム賞を火星ラカートの記者クラブセンターで受けとったあと、ダイモス基地に意気揚揚と帰ってくると、課長付の男性秘書にトロフィーを見せて感激の口調で言った。

「ムーグ」と秘書の名を親しみをこめて呼んで、「これは大変名誉なことだ。マスコミに攻撃される部下たちの行動を、マスコミにどんなにか苦労して言い訳——もとへ——部下の行為が正当なものであったかを説明してきたか、きみにはわたしの気持ちがわかるだろしの苦労を認めてくれることだろう」
「つまりこの賞は、マスコミ界がわたしを正しいと認めてくれたのだ。これで大衆もわた
「はいチーフ、さようで」
う」

とくに、あの一人と、一匹と、一艦の部下には。わたしの苦労は、ほとんどがあの一人と
「祝ってくれるのか？　ありがとう、ありがとう。みんなにも祝ってもらいたいものだな。
「はあ。おめでとうございます」
一匹と一艦が原因だ」

長年チーフ・バスターの下で働いているムーグ・クルクスは、バスターが何を言いたいのかを察して、手配した。ムーグは、ダイモス基地所属の暇な海賊課刑事を非常呼集し、会費をとってチーフ・バスターの受賞祝賀立食パーティを開いた。一人と一匹と一艦も出席した。ラウル・ラテル・サトル、黒猫型異星人アプロ、対コンピュータ・フリゲート＝ラジェンドラが、その一人と一匹と一艦だった。

基地娯楽ホールでのパーティは、基地職員や刑事たちが、妻あるいは夫、恋人を同伴し、正装で出席するという華やかなものだったが、一人と一匹は他とは違う正装——普段着のままだがガンベルトに大出力レイガンを収め、一匹のほうは黒毛と首輪以外になにも着けず、つまりは刑事としての正装で、同伴する妻も恋人もなく、疲れた顔でホールに現れた。

「これはいったいなんだ」

「これがヒナドリの唐揚げで」モグモグモグモグ、ゴクリ、「そっちがイナリズシとかいうやつで——」パクリ、モグモグ、「ウグ」

「アプロ。腹がZAKIになっても知らんぞ」

「ZAKI？　まったく、コードZAKI（緊急事態）を受信したときは何事かと思ったけどなあ。これはホタテかな？　くそ、遅れてきたら安いもんしかない。ケーキはどうした、おーい、酒——フギャ」

会場の後ろのテーブルの上で、まるで皿の掃除をする自走器械のようなアプロの首をしめて、ラテルはそのままアプロをテーブル下にひきずりおろした。

「ラテル、なんだよ」

「おまえと同じ会費だなんて不公平な気がする」

「うまいものは残ってない。だからさ、量でかせごう」

「アプロ、これはいったいなんだ？　料理のことじゃない、このパーティは、なんだ？」

「コードZAKIだ。食おう」

ラテルは口をつけていないグラスをテーブルにおき、左腕のブレスレット＝インターセプターを使ってラジェンドラを呼び出した。基地ポートのラジェンドラが応答する。

〈はい、ラテル。パーティはいかがですか〉

「おもしろくない。どこか妙だ。チーフはなにを考えているんだろう。ラジェンドラ、会場内と周辺を探査。パーティ管理をやっているコンピュータを探し、出席者リストを調べてみろ。海賊がもぐり込んでいるかもしれん」

〈ラジャー〉

ラテルは緊張してラジェンドラの返答を待った。アプロはラテルからはなれて、後足で立ち、背伸びをしてテーブルに手をかけ、テーブル上の料理をのぞいている。テーブルからちょこんと頭を出している、ものほしそうな黒猫型同僚から目をそらし、ラテルは広い会場を見た。二百人以上の人間がいた。顔を知らない人間のほうが多かった。

もし自分が海賊なら、とラテルは思った。海賊課刑事のほとんどが集まるこんな機会は逃さないだろう。チーフ・バスターは自分を囮《おとり》にして海賊の出方をうかがっているのかもしれないとラテルは思った。が、いかにも危険だった。守る側の身にもなってくれ、とラテルはつぶやいた。

ラテルたちがパーティに遅れたのは、チーフ・バスターの暗殺の噂を調査していたからだった。ラカートの記者クラブに出向いたチーフ・バスターは連邦警察の警護に自分の身をまかせた。海賊課は連邦市民を信用していないと言われるのを避けるという、いかにもバスターらしい考えからそうしたのだった。ラカートへ行ってはいけないと、ラテルはチーフの授賞式出席に反対した。それに対してチーフ・バスターは、わたしの受賞にケチをつけるな、と言い、そして、大丈夫だとつけ加えた。課長を殺したところで海賊が得るものはなにもない、とバスターは言った。もしそんなことをしたら、海賊は自ら反社会分子だということを世間に知らせるようなものだ。海賊が悪役を演ずるわけがない。もし自分が、事故死に見せかけることなく殺されるとしたら、それは海賊の仕業では決してない。やるとすれば、海賊課そのものだろう。海賊の仕業に見せかけて、市民に海賊の非社会性を宣伝する方法としては効果的だ。まさか、とラテルは言った。まさかチーフ暗殺の噂は海賊課が流したものなのではないだろうな、と。

「そうだとしたら、どうする、ラテル」

チーフ・バスターは真顔でラテルに言った。

「それでは海賊と同じだ」とラテルはこたえた。「マスコミに知れたら受賞は取り消されますよ」

「そのような噂を海賊課が流した、という工作を、海賊ならやりかねん。海賊が手強いのは、敵としての姿を市民の前には現さないからだ。社会機構の外からではなく内部から崩壊させる、それが彼らの戦略だ」

「いっそ海賊の社会になってしまえば、戦う必要もない、そう思ったことはありませんか、チーフ」

「ない。それではわたしの仕事がなくなってしまう」

「ばかなことを」

「アプロ流の冗談を言っただけだ。海賊たちは崩壊させるだけで、創造することをしない。一つの社会の養分を吸いとったら、次に移るだけだ」

「匈冥《ヨウメイ》・ツザッキィはどうです。彼は海賊というよりは、その力を利用して彼自身の社会を創ろうとしているようだ」

「彼自身の、というのが問題なんだ。やつは自分のつごうしか考えない。やつが社会を創ったとしてもそれは彼自身の分身のようなものだ。やつが消えたらその世界は崩壊し、平和とは無縁の混乱に陥るだろう。――ラテル、おまえがもし自分の仕事に疑問を感じているとすれば、それこそが海賊の狙いなんだ」

「チーフはチーフだ。安心しましたよ」

「おまえ、わたしこそ疑問を感じているのではないかと、このわたしをテストしたと言うのか。匈冥の息がかかっているのでは、と?」

「暗殺の噂の出所を調べてみます。海賊なら、たたく」

「マスコミにたたかれんようにな。あれにたたかれるのは痛い」

「アプロに感情凍結してもらえばいいんですよ、楽しい気分のときに。どんな記者たちの攻撃や毒舌にも笑顔でこたえられる」

「そしてわたしは精神病院へ送られるというわけだ。にやにや笑いながら。やめてくれ」

ラテルはアプロをつれ、ラジェンドラとともに噂の出所をあたったが、短い時間ではそれはつかめなかった。

もし海賊が動くとすればこのパーティ会場だろうとラテルは思った。そのへんでチーフ・バスターと談笑している自分の同僚の一人がいきなりバスターを撃ち殺す――それを想像して、ラテルは無意識にレイガンのグリップに手をやった。もしそうなったら、その犯人が刑事に化けた海賊であろうと本物であろうと、海賊課は打撃を受ける。海賊課は真相がどうであれ――海賊との戦いに疑問をもった刑事の犯行だったとしても――海賊の仕業だと公表するだろう。海賊は、実際に自分たちの工作だったとしても、海賊課の内部抗争だという見方を流すだろう。チーフが言ったように、その事件は、海賊自らがチーフを犠牲にして海賊のおそろしさを宣伝し、より強力な海賊的な力を手に入れようとしているのだと市民に思わせることも、海賊ならできるのだ。海賊課はチーフを犠牲にする、そんな博打を打つわけがないのだ。敵は海賊だ。

〈出席者に不審な者はいません〉

ラジェンドラがラテルのインターセプターを通じて、言った。

〈ただひとり、いるとすれば〉

ラテルはレイガンを抜く。ラジェンドラがつづけた。

〈アプロくらいのものでしょう〉

ラテルはそのラジェンドラの答えをきくとレイガンをホルスターにもどし、ため息をつく。

「ラジェンドラ、おまえの判断機能は実に正確だよ」

〈それはどうも。光栄です、ラテル〉

アプロはテーブルの上に尻をつけて座り、ぬるくなったシャンペンボトルを両手でひっしとかかえ、口をもぐもぐと動かしていた。給仕役のチーフ秘書のクルクスがなにか注意すると、アプロの首輪のインターセプターから低出力レーザーが乱れとんだ。それからアプロはぷいと横を向きテーブルをとびおりた。ラテルは見ないふりをした。左手で両こめかみをおさえる。

「いや、おれが悩むことはないんだ」ラテルは自分を励ます。「あいつがどんなに恥ずかしいことをしでかそうと、おれの責任では――」

会場の前のほうで騒ぎがもちあがった。ラテルは顔をあげる。レイガンを引き抜き、走る。

「ラテル、捕まえろ」チーフ・バスターの声。

「みんな、伏せろ」

ラテルの声に正装した出席者たちは、わけのわからないまま、身を伏せた。会場内がすっと広くなったように、ラテルの視野がひらける。そのラテルの視野に、騒ぎの元がとび込んできた。アプロだった。

アプロは直径三十センチほどの凸レンズ状の銀色に輝く物を両腕にかかえて、後ろ足で駆けてくる。

「アプロ、なんだ」

「わたしのトロフィー。返せ、アプロ！」

マースコム賞トロフィーだった。

「アプロ、そいつはチーフのトロフィー――」

「ラテル、こいつは爆弾だよ」

「なんだ？」

アプロはトロフィーをかかえたまま、会場をとび出していった。

「追いかけろ」チーフ・バスターがどなった。「黒猫め、トロフィーを返せ、もどせ――」

「アプロ、正気か」ラテルはインターセプターでアプロとコンタクト、「なにをする気だ」

〈対生体爆弾だよ〉インターセプターからアプロの返事。〈こいつを無力化するには、肉が必要だな。ラテル、会場のバーベキュー用の肉を一皿持ってきてくれ〉

「どこに」

〈ラジェンドラ〉

「ラジェンドラ」ラテルはラジェンドラを呼ぶ。「アプロが爆弾を持ってそっちへ行く」

〈爆弾ですか。そんな反応はキャッチしていません。もし本当なら、基地爆発物処理室へ行って下さい。わたしの方には来ないで下さい。危ないな〉

「対生体爆弾だそうだ」

ラテルはテーブルの上の、バーベキュー用に用意された大皿をかっさらうと、アプロを追って廊下にとび出した。アプロの姿はない。ラテルは基地内緊急移動用フライに乗った。空中をすっとぶスケートボード型のフライの上でバランスをとりながら、ラテルはラジェンドラと交信。

「アプロは」

〈接近中。ま、わたしに害がない爆弾なら、かまいませんが。いやな予感がします〉

「おれもだ。対生体爆弾だ？　アホか。爆弾はアプロじゃないか」

海賊がそのトロフィー内に爆弾を仕掛けることは十分に考えられた。チーフ・バスターも承知しているだろう、とラテルは思う。調べたはずだ。ラテルは肉や野菜の盛られた大皿を手にしてアプロを追いかけている自分がばからしいと思ったが、それを投げ出したりはしなかった。ポート入口でフライを捨てて、ラジェンドラへの連絡シャフトに入り、ラジェンドラ内へ。

〈緊急発進します〉

ラジェンドラは基地ポートから発進。ラテルは大皿をかかえて、戦闘情報室に入る。アプロがトロフィーをかかえて、にっと笑う。

「アプロ、対生体爆弾だと？」

「そうともさ」

アプロは床にレンズ状のトロフィーをよいしょとおき、前足でコツコツとたたく。

「これを熱してだな、この上で肉を焼くと、無力化される。さあラテル、どんどん焼こうぜ」

「焼いた肉はどうするんだ、アプロ」

「きっとうまいにちがいない。肉はやっぱり煙を出して焼かなくちゃな。パーティの、無煙ホットプレートで焼いた肉なんか、うまくないもん」

ラテルは皿をコンソールにおき、素早くアプロの尾をつかんでぶら下げる。

「ラジェンドラ、こいつは生体爆弾じゃないかな、黒猫型をしているが」

「わっ、ラテル、放せよ。まちがいはだれにでもあるよ」

「なにがまちがいだ。くそ」ラテル、アプロを放り出す。「トロフィーの形がよくない。フム。なるほど、こいつはジンギスカン鍋を二つ合わせたような格好だものな。ラジェンドラ、引き返せ」

「その前に焼き肉を──ラテル、レイガンで撃てよ、トロフィーを。レイガンで熱して──」

「おまえな、おれを共犯にするつもりか」

「もう遅い」

〈警告〉ラジェンドラの緊迫した声が二人の間に割り込んできた。〈正体不明のΩ波動をキャッチ。発信源は不明。深宇宙からです。方位047、距離測定不能。なにかのコントロール波のようです。第二波をキャッチ。047／304ギガ。Ωトレーサービームを同時キャッチ。このビームパターンは、カーリー・ドゥルガーのものに似ています。危険。そのトロフィーに反応あり。ラテル、危険です〉

「海賊のプレゼントか？　このトロフィーは偽物？」ラテルはレイガンを抜く。「しかし、こいつは爆発するかも──」

「ラテル、早く撃て。肉、肉を焼こう」

〈トロフィー内部が構造化しています。これはある種のコンピュータの基《もと》だったのでしょう。いまのΩ波動で活性化したものと思われます。第三波をキャッチ。ラテル──〉

「お湯をかけると食えるようになるヌードルみたいなものかしらん」アプロ、トロフィーをつんつんと突く。「なにが入っているんだろう。この鍋、食えるのかしらん」

「海賊め。おれたちをまとめてどうにかしようとしていたんだ」

ラテルはトロフィーを撃たず、ラジェンドラの外部投棄口へ通じるシューターへそれを投げ入れる。

「非常投棄」

〈ラジャー〉

「ほら、おれの考えていたとおりじゃないか」

〈警告。艦内空間に異常あり〉

「早く棄てろ!」

〈不能。投棄システムに異常あり〉

「Ωドライブ。最大出力で太陽圏を離脱」

〈不能。Ωドライバに干渉あり。このトロフィーは一種の――〉

ラジェンドラの声がとぎれた。

ラテルの視界のラジェンドラ戦闘情報室のディスプレイ群が奇妙に歪んだ。ラテルは壁にとばされた。アプロが宙に浮かび、その姿がゴムのように伸びるのをラテルは見た。その直後、眼球が大きな圧力を受けたように感じ、視力が失われた。アプロが壁にたたきつけられたらしい物音を聞いた。ラテルは気を失った。

真っ暗な部屋で、なにやら平和な物音がしている。ラテルは頭をふり、身を起こす。インターセプターを環境探査モードにする。インターセプターのセンサ情報がラテルの腕に伝わる。ラテルは、アプロが野菜を食べている姿をインターセプターでとらえた。

「アプロ。ラジェンドラはどうしたんだ？　暗くて肉眼ではなにも見えないぞ」

「少し眠らせておいたほうがいいよ。うるさくなくて。気を失っているよ」

「なにがあったんだ。やはりあのトロフィーは爆弾だったのか」

「ちがうみたいだ。あれは海賊鍋じゃないかな」

ラテルはレイガンを抜き、精密射撃モードにした。腕のインターセプターの擬似視覚を頼りに、情報室の感熱センサの一つに向けて引き金をしぼった。それが破壊される短い間に、感熱センサは最大出力で警報信号を発生させる。火災警報が一瞬鳴って、すぐにやんだ。他のセンサは異常を感知せず、このセンサ群の誤差がなにによって生じたものかを調べるためのモニタ・システムが作動。モニタ・システムはラジェンドラ中枢に向けて信号を送る。それでラジェンドラは目を覚ました。

情報室に光がもどる。ディスプレイ群が輝きをとりもどす。

〈警告。艦内に正体不明のスポット熱照射源あり……ここはどこ、わたしはだれ？〉

「ラジェンドラ、おれだ。しっかりしろ」

〈ラテル。なんですか、レイガンなんか抜いて。アプロ、わたしの内部をよごさないで下さい〉

アプロは長い舌で黒い鼻をぺろりとなめて、情報室を出ていこうとする。

「アプロ、どこへ行く」

「満腹だからひと眠りしようかと」

「おまえな、なんにも感じないのか？」

「焼肉パーティができなかったのは残念だな……そうだ、海賊鍋、投棄口の手前あたりでひっかかっているかもしれない。見てこよっと」

〈その必要はありません〉

ラジェンドラの声にアプロは足をとめる。

「なんでだよ。もう棄てたのか？　おれは知らんぞ、チーフのトロフィーなんだぜ」

〈艦内には見当たりません。棄てたわけではないのですが〉

「おれ。知らないぞ。あれをなくしたのはおまえなんだから。チーフは怒るだろうなあ」

「あれは海賊が細工した、なにかの装置だ。本物のトロフィー内に仕掛けたのか、偽物とすりかえたのか。それとも、マースコム賞そのものが海賊に操られたのかもしれん。ラジェンドラ、もう一度捜せ。艦内外探査。レベル最深、無制限」

〈無駄かと思います〉

「どうしてだ。爆散したのか？」

〈ラテル、爆散したのはわたしたちのほうです〉

「それでもアプロが生きているのは不思議はないとして、爆散したおれがなぜこうして喋っていられるんだ」

「なんか、ちょっとひっかかる言い方だけどな、そうだよ、ラジェンドラ、おかしいじゃないか。どこか配線が虫に食われているんじゃないか?〉

〈例のトロフィーが爆発した痕跡はどこにもありません。痕があるのは、わたしたちのほうです。わたしたちは一瞬に爆散し、再構成されたようです〉

「でも別段どうってことはないよ。別の鍋を見つけて、肉を焼こうぜ」

「では爆発しなかった、あの鍋、じゃない、トロフィーはどこへ消えたんだ」

〈おそらく消えてはいないと思われます。あのトロフィーは、火星圏内の宙域に存在しているでしょう。ここは火星圏内ではありません〉

「なんだ? どこだ」

〈不明。わたしの判断では、ここはあのトロフィーの内部世界です。海賊は、海賊課をあのトロフィー内に閉じこめることを狙ったようです。アプロがあのパーティ会場からあれを持ち出さなかったら、いまごろパーティ会場そのものがそっくり消滅していたものと思われます。原因不明の現象として処理されていたでしょう。ダイモスが消滅した跡に、トロフィーだけがその空間をとんでいることになっていたかもしれません〉

「……海賊ならやりかねんな。並の海賊じゃない。匋冥か」

「ここはじゃあ、海賊鍋の中なのか」

「海賊版の宇宙だ。おれたちの世界でないとすれば、な。海賊に造られた宇宙だろう」

「ぶちこわそうぜ」

「できるかな、アプロ。たぶんここには海賊はいない。出てきても、幻だ。幻を殺しても
なんの意味もない。ラジェンドラの言うことが本当だとすれば、この宇宙そのものが海賊
だ。その世界で生きるおれたちは、海賊に操られる幻にすぎん」

「そんなことないよ」

「どうして？」

「おれは操られない自信がある」

「悪魔的自信だな」

「言葉やテレパシーや暴力や催幻機でおれを操ることはできないんだ。おれの母星には催
幻能力を使って精神寄生する原始的な生き物がいるけど、おれたちの種族はそれから自分
を守る能力が発達しているんだ。人間やラジェンドラよりずっと高等なんだぜ」

「高等なおまえが、なんで低能なおれのいる、火星で刑事なんかやってるんだ？」

アプロは皿から生肉をつまみ、ぽいと口にいれて、もぐもぐとこたえた。

「残念にゃことに、食い物は火星にょほうが高級にゃからにゃ」

「この世はおまえに食いつぶされるかもしれんな」

「自信ある。ラテルに誉められるなんて初めてだ」

「誉めたんじゃない！」

「ちがうの？　なんだ、つまらん」

「いったい、おまえの精神構造は——おまえの胃は、どうなって——」

〈未知の惑星圏内に入りました〉

ラテルとアプロはラジェンドラの外部ヴィジスクリーンに目をやった。

楕円形に歪んだ二連太陽を背景に、黒い惑星がスクリーンいっぱいに映る。

「連星系に星があるなんて珍しいな」

〈人工惑星のようです。強力な磁場と放射能帯に包まれています。人工電磁波をキャッチ。知的生命体が存在するようです〉

「降下」

〈ラジャー〉

ラジェンドラは未知の惑星の夜の側へ降下を開始する。

〈着地しますか〉

「高度一〇〇キロほどでいい。環境探査。昼の側へ向かえ。電波が出ているから、解析しろ」

〈ラジャー〉

「降りて食い物を探そうよ」

「おまえだけカプセルで射出してやってもいいんだぜ、アプロ。二度ともどってこないと約束したらな」

「いいよ。タクシーで帰るから。星間タクシーくらい、一人で乗れる」

「おまえ、なにか勘ちがいを――」

〈三種類の、まったく異なる電磁パターンをキャッチ。二種は意味内容の解析はまだできませんが、他の一種は、わたしにもほぼわかります。人間の声を変調したものです〉

「人間だ？　嘘だろう。こんな惑星、知らないぞ」

「海賊鍋の中の鍋人間だよ、きっと」

「ラジェンドラ、音声出力してみろ」

〈ラジャー。なにかの通信のようです〉

――India, Mike 1 on a man headed South.

――OK. Sierra 1, where are you ?

――India, I'm your 10 low about 2 kilometers.

――Say again, Sierra 1.

――I'm your left 10 o'clock low about 2 kilometers.

—— OK. I'm going to be going right over the top of you in about 10 seconds.

—— India, I've got the fight 110/16.

—— OK.

—— Oscar, AW-3. Bogey 280/21. You got the guy.

—— Roger. I'm chasing the guy…… now reader contact. Bandit. Copy.

—— Copy.

—— Now visual. I've got one tied up.

—— Oscar, Can you get a shot ? I can get a shot if you want me to.

—— OK. I've got the bandit in a left turn over here. A half kilometer…… gun shot.

—— Gun shot, copy.

—— Juliett, a ship 150/8. Bandit. Check your right 5 o'clock hi.

—— OK…… Low visual.

—— Juliett, turn out. He's still on you.

—— Roger.

—— AW-3, Oscar. I want the guy…… I've got the bandit. Copy.

—— Juliett, I'm comming down into your fight.

—— Who are you ?

——Sierra 3. I'm top of you, 500 meters. Stand by and jump in.
——Mike 1, Mike 5. Kill. Copy kill.
——Copy.

「……なんだ、これは」

〈意味内容からすると、二種族の航宙機による戦闘かと思われます〉

「三種の電磁パターンがあると言ったじゃないか」

〈二種は人間側に付随したものです。音声通話と、コンピュータ間のデジタルコード通信のようです。残る一種は敵方のものでしょう。わたしにも解析不能です〉

「わあ、おもしろそう」

「おもしろくない。——ここは、たしかにおれたちの世界ではない。どうしたら出られるかな」

「ラジェンドラ、CFVの発進準備」

〈アプロ、CFVでどうする気です〉

「もち、空中戦を見物に——」

〈この世界に干渉するつもりですか〉

「いや。ラジェンドラ、CFVを出せ。アプロをつめこんで発進させる」

〈ラテルが言うのなら、そうします〉

「なんでだよ。おもしろくない。ラジェンドラなんかきらいだ」

〈わたしもです〉

「まあ、まあ、アプロ、気にするなって」

「ラジェンドラめ、おれと同じつもりでいるんだぜ、おれのほうが上役だってのに、だいたい、ラジェンドラは機械のくせに――」

〈アプロは掃除機じゃないですか。お皿の掃除機、お鍋の掃除機、パーティ会場の掃除機――〉

「二人ともやめろ。まったく、まともなのはおれだけだ――という自信が揺らぐのだよな。実はおれは異常なのではなかろうかという気がしてくる。みんなおまえたち二人が悪い」

アプロはぷいと情報室を出てゆく。しばらくして、ラジェンドラの腹部から小型CFVが発進。ラテルは情報室のスクリーンで見ている。翼のない高機動航宙機だが、大気圏内で滑空できるよう、平たい胴体に翼形をもたせてある。キャノピはない。アプロの乗ったCFVは赤く輝きながら高速降下。

「ラジェンドラ、追跡しろ」

〈ラジャー〉

夜の側から昼の側へ向かう。金色の弓のように輝く昼の光が大きくなる。

「青い惑星だ。海か？」

〈樹海でしょう〉

「大自然に包まれている惑星のようだ。ここで人工的な戦闘だなんて信じられないな」

〈ラテル、聞こえるか。もうじき昼の側に出る〉

「了解。気をつけろよ、アプロ」

〈酒の海はなさそうだな〉

〈警告〉ラジェンドラ、〈アプロ、前方より小型高速飛翔体接近中。おそらく戦闘タイプ〉

「一機か？」とラテル。

〈単独です。戦闘空域から単機で離脱。強攻戦闘機か、偵察機でしょう〉

「アプロ、針路を変更しろ」

〈まにあわないと思います。気づかれました。アプロ、最適回避コースを指示します〉

〈なんで？　そいつ、なにかおれにプレゼントをくれるみたいだ。なにか飛んでくる〉

「アホか、おまえ。ミサイルだ。餌じゃない。回避しろ」

〈ミサイルの機動能力が不明なので回避できるかどうかわかりません〉ラジェンドラはそっけない。〈命中した場合の被害予測も不能〉

「ラジェンドラ、CFVをΩ捕捉、吸引」

〈せっかく出ていったのにですか。だからやめておけば――〉

「ラジェンドラ、急げ」

〈やってみますよ。少し時間がかかります〉

〈大丈夫だ。のんびり飛んでくる〉とアプロ。

アプロのCFVは一気に二〇〇〇メートル上昇。ミサイルは突然目標を失い、直進したのち、自爆。その直後、CFVはラジェンドラの格納庫に強制帰艦させられている。

〈わっ。いきなり夜になった。――ラジェンドラの腹の中か。おもしろくない〉アプロ、ぶつぶつ。〈もう一度出せよ〉

ラテルはアプロを無視する。

「ラジェンドラ、あの戦闘機を調べろ。この世界のことがなにかわかるかもしれん」

ラジェンドラはアプロのCFVが撮った映像をスクリーンに映す。

青い惑星の昼の側、高高度に、きらりと輝く点としてあらわれたそれは、見るまに大きくなる。灰色の機体。双垂直尾翼。アプロはここでCFVを左に向ける。戦闘機はCFV側方五キロをすれちがう。その後、戦闘機は急旋回、一発のミサイルを発射。

〈重力制御をしない、空力だけを制御している航空機です。航宙機ではありません〉

「あんなものが飛ぶなんて奇跡だな。バランスを崩したらあっというまに堕ちる。だけど、きれいだな。危うい美しさがある」

〈機体制御とは別のコンピュータを搭載しています。情報分析用かと判断できます〉

「解析できるか。できれば、この戦いの内容もわかりそうだ」

〈構造がわたしたちのものと異なっています。わたしの仲間のようなのですが、コンタクト不能。ラテル、パイロットとコンタクトしてみますか？〉

「なんて言うんだ？　言葉が伝わったとしても、彼はおれの言うことなど信じないだろう。彼を知るには、彼の脳を解析しないといけない」

異星体とコンタクトするには、その考え方を知る必要がある。人間には理解できないような思考でも、その思考を生む源である脳などのハードウェアを知ると、なるほどと納得できることがある。宇宙警察刑事のラテルは未知の異星体に対処する教育を受けていた。たとえば未知の脳、それが有機体であろうとコンピュータであろうと、に出会ったとき、ラジェンドラにその構造を解析してもらい、ラジェンドラの空いたメモリ空間に、似たような構造体を実際に組んでやると、対象となる思考の流れをシミュレートすることができた。誤差がでるのはしかたがなかった。ラジェンドラは万能ではなかったから、ハードウェアをそっくりコピーして造ることはできない。人間の脳を造るというわけにはいかない。それでラジェンドラは、素材は無視して、情報の流れる回路を模倣する。ラジェンドラの能力では再現できない回路もあり、そんなときは、等価の回路を複雑な手順で組むのだが、等価とはいえ、同じというわけにはいかなかった。ラジェンドラには、このおれの、人間の悲しみという感情は理解できないだろうとラテルは思う。感情という複雑な現象をラジェンドラはシミュレートできるが、ラジェンドラがそれを実現するには実に冗長な回路を組まなければならない。回路は等価でも組まれた回路の種類の違いによって、理解しやすい思念とそうでないものがある。ラジェンドラのハードウェアは、悲しみというソフトウェアを走らすのは苦手だ。ラジェンドラはだから、泣かない。

海賊課刑事などをやっていると、とラテルは思った。自分の脳の構造そのものが変化していって、泣くことのできない人間になるかもしれない……。

「おれはマシンじゃない」ラテルはつぶやいた。「たぶん、あのパイロットも人間なら、おれの気持ちがわかるだろうな」

〈それはどうでしょうか〉ラジェンドラが言った。〈気持ち、というのはソフトウェアに関わるものが多い。ハードに依存しないソフトもあります。あのパイロットが人間だとしても、あなたの気持ちがわかるとは限りませんし、反対に、気持ちを通じ合えたからといって、彼がマシンではないという根拠にはなりませんよ、ラテル〉

「やってみるか」

そのハードウェア構造体がどんなタイプかを知るには、ある問題に対してそれがどのような行動をとるかを観察して予測する方法がある。考え方を、構造から知るのとは逆の手順だった。ハードの違いによって扱いやすいソフトとそうでないソフトがあるなら、あるソフトウェアを効率よく実現するハードウェアがあるということだ。

アプロがラジェンドラのことを、〝機械のくせに〟というのは、ラジェンドラのハードに注目しての言葉だった。それに対してラジェンドラのアプロに対する〝あなたは掃除機だ〟という発言は、皮肉もこめられてはいるのだが、アプロの行動から、そんな行動機能をもつハードは掃除機であるとラジェンドラの解析機能が判断した結果だった。

ラジェンドラは、戦闘機のパイロットのソフトに注目しよう、と言っているのだった。

「ラジェンドラ、おまえにまかせる」

〈ラジャー〉

ラジェンドラは二機のCFVを無人で発進させる。目標戦闘機を追跡し、両側から挟み込むように目標と並飛行。CFVは機体を電磁的に透明化している。電磁レーダーにも人間の肉眼でも見えない。

にもかかわらず、目標戦闘機はCFVの存在をキャッチした。

〈発見されました〉

「見えないはずだ」

〈CFVの超音速衝撃波をキャッチしたようです。CFVの大気圏内航行気圧補正機構はオフにしてありましたから〉

二機のCFVは攻撃態勢をとる。目標戦闘機は機動せずに直進する。

〈目標は、左右どちらのCFVを攻撃していいか判断がつかないでいるのです。目標の戦術コンピュータは論理上発振状態にあります〉

「どういうことだ」

ラジェンドラは、目標の左側のCFVを接近させる。すると目標戦術コンピュータは、そちら側の敵機の脅威のほうが高いと判断し、そちら側へ機動しようとする。そのとたん、ラジェンドラはそのCFVを遠ざけ、右側のCFVの脅威の度合を高める。ラジェンドラはそれをマイクロセカンドで繰り返した。その結果、目標戦術コンピュータは機動命令信号を発生させることができないでいるのだった。

ラジェンドラは目標右側のCFVの電磁透明化を消去し、遠ざける。

〈パイロットはそちらのCFVを肉眼でとらえたようすです〉

だが、パイロットは右CFVを無視した。戦術コンピュータは論理上発振状態から解放され、脅威の度合の高い、左側のCFV、目には見えないそれに向けてロールイン。

「どうしてだ。受動気圧レーダーよりは、肉眼や電磁レーダーで捉えたもののほうが確実なのに」

二機のCFVの目標との距離はほとんど変わらない。ラジェンドラはそのようにCFVを操る。目標戦闘機は幻のCFVに向けてガン攻撃。命中しない。受動レーダーでは正確な目標位置が割り出せないのだ。ラジェンドラは幻のCFVを回避機動させる。そのわずかな機動の間に、実体化しているＣＦＶに向けて目標戦闘機は急激なインメルマンターン。

〈この機動は戦術コンピュータではなく中枢コンピュータの判断です〉

ラジェンドラはレーダー捕捉されたＣＦＶを再び透明化させる。戦闘機は発砲。短く。

〈受動レーダーで捉えた空間の、最大命中確率グリッド域を高速で計算しています。再攻撃されたら危ない――〉

右ＣＦＶが発火。爆散する。

〈比較的高度な中枢コンピュータですね。かなりの戦闘経験があるものと思われます〉

「ラジェンドラのＣＦＶを撃墜する相手に出遇《であ》ったのは初めてだ……どんなパイロットだろう」

〈彼は中枢コンピュータに〝攻撃せよ〟の命令を出しただけです。彼はコンピュータに命をたくしたのです。自分の肉眼よりもコンピュータの判断を正しいと認めたのでしょう。彼はマシンです。彼のその判断は的を射ていると思います〉

「それではパイロットの乗っている意味がないじゃないか？」

〈おそらくあの中枢コンピュータに実戦経験をインプットしたのはあのパイロットです。シミュレーションだけでは、こんな戦闘はできないでしょう。あの中枢コンピュータには学習機能があるようです。パイロットはそれに彼自身の戦闘勘を移したのでしょう。感情を移したのではありません。戦闘マシンとしての能力を抽出して、機械に与えたのです。

あの戦闘機は有機的な人間の脳をそなえたサイボーグと言えます〉
「おれは、そんなふうにはなりたくない……ラジェンドラ、CFVを回収しろ」
〈ラジャー〉
残りの一機を回収する。そのCFVは高解像度の視覚センサで戦闘機の姿を映し、ラジェンドラにもどってきた。戦闘機は大きく旋回し、脅威の消滅を確認したのち、飛び去った。ラテルにはその戦闘機のパーソナルネームらしい文字が読めなかった。だがラジェンドラのとらえたその通信を聞いている。
——This is YUKIKAZE, I'm going home.
——FAB. Roger.
「ユキカゼ、か。ラジェンドラを破壊できる武器を持っていたら、危うかったな……あんな戦闘機は海賊も持ってない」
ラテルの知らない世界だった。一刻も早く出たかったが、ラテルにはその方法がつかめない。
「……アプロ、遅かったな。なにをしていたんだ」
「倉庫で鍋を探していたんだけど、なかった」

〈あたりまえです〉

「ラジェンドラ、造れない？」

〈やってやれないことはありませんが〉

「アプロ、それどころじゃないだろうが。この世界はおれたちの空間とはちがう」

「おれはべつにかまわないよ。うまいものがあれば、どこでも」

「言ってみればここは海賊空間だ。おれたちはこの空間では異端の者だ」

「そんな気はしないな」とアプロ。「いつでもどこでも、おれが主人公。これ、おれのモットーだよ」

「能天猫」

「それ、誉め言葉か？」

「いいや」

「それは残念だな。誉めてくれたら、この海賊鍋から出してやったのに」

「なんだって？」

ラテルはアプロの首をつかんで振る。

「この、猫、おまえ、それを早く言わんかい！」

「わっ、ラテル、目が、回る、やめて、くれ」

「おまえはいいやつだ。一番頼りになる。かわいい。もてる。すばらしい猫。餌をやる」

ラテルはアプロを放す。アプロは疑い深い目でラテルを見て、

「皮肉にしか聞こえないな」

「それはおまえの耳が悪いんだ。頭かもしれん」

「そうかなあ。なんだか悪口のようにも聞こえるけどな」

「どうやって、出るんだ?」

「ちょっと言ってみただけで——おれにもよくわからん」

「……ZAKIっ腹猫」

〈警告。対衛星ミサイル接近中〉

「なんだ?」

〈人間の敵側のミサイルです〉

ラテルはヴィジスクリーンに目をやる。ラジェンドラに向かって三基のミサイルが接近中だった。

「回避。ショートΩドライブ用意」

〈ラジャー〉

「まったく、この世界のやつら、未確認のものを確認せずにすぐに攻撃をしかけてくるんだな」

〈ラテル、あれは攻撃用ではありません。コンタクトを求めているようです〉

「Ωドライブ中止。どういうことだ」

ラジェンドラは高速で回避。ミサイルは並飛行している。一定の間隔を保つ。

「こいつら……おれたちがユキカゼにやったことと同じことをしているのか？」

〈その可能性はありますが、この三目標は、わたしのハードそのものを探っているようです。彼らはわたしに似ている〉

「ラテル、あの中に、おれの感覚でとらえられる生体が乗っているよ」

「そいつが正体か。ラジェンドラ、一基をΩ回収、それから、Ωドライブで空域離脱」

〈ラジャー〉

ラジェンドラは一基のミサイルを隔離船倉に吸引収容した。Ωドライブで惑星の反対側へ飛ぶ。ラテルとアプロは隔離船倉へ降りた。

そのミサイルは、ミサイルというよりも、ＣＦＶに似ていた。

「アプロ……中のやつとコンタクトできるか」

「とまどっているようだ」

「精神凍結しろ。おれたちに敵意をもたないうちに」

「うん」

ラテルはレイガンを抜く。コクピットらしいものが見当たらない。

「ラジェンドラ、透視できるか」

〈できます。ラテル、無駄ですよ。たしかに有機生命体に似た組織が認められますが、それは他の組織とは分離できません。それは個体ではありません。そのミサイルのハードの一部です。それは機械です。人間の脳に似せて造られたもののようです〉

　ということはつまり、とラテルはレイガンをおさめて、思った。この異星体は、敵である人間の考え方を調べるために、人間の脳に似たハードを組んで、人間の戦略を予測しようとしているのではないか。この異星体にとって、人間はまったく理解不能の相手だったにちがいない。なぜそんな相手と戦うのだ？　こたえはひとつしかない。彼らにとって人間は敵ではなかったのだ。彼らの狙う相手は人間とは別なものだろう、しかし戦ううちに人間が割り込んできた。やむなく彼らは人間を研究せざるを得なくなった。そんな彼らがとった方法は、人間の感覚や感情や思考を調べる前に、まずそれらを実現している、ハードウェアをコピーしたのだ。それに対して、人間側は、戦いを仕掛けられたのは自分たちだと信じて疑わなかった。異星体のハードが自分たちと同じレベルだと思い込み、その行《ソフ》動《ト》だけをとらえて、攻撃されたと判断したのだろう――もし人間がこの異星体のハードを研究する時間があったら、異星体は自分たちを狙っているのではないことがわかったかもしれない。しかし、たとえわかっても、わかろうとしないかもしれないとラテルは思う。人間は常に、相手を自分と同次元のハードで造られていると思いがちだ。言葉の通じない相手には、感情移入で対処する。それは人間らしい、ということだ。すべては神に創られたもの、という見方をする。異星体に遭遇したことのない人間には、それがむしろあたりまえだ。が、この世には、まったく感情移入などできない、異なる力によって創られたものもいるのだ——ラテルは海賊課刑事の修業時代にそれをいやになるほど頭にたたき込まれていた。

「この異星体が狙っているのは、コンピュータかもしれないな」

〈それは全体として、ユキカゼに似ていると言えます。ユキカゼは、パイロットとコンピュータの複合体であり、それも、有機脳とコンピュータの複合体です。差があるとすれば、ユキカゼのコンピュータが人間に造られたものであるのに対して、そちらの人間に似た部分は、その主人によって造られたものである、ということです。しかしシステムとしてみれば、両者にさほど違いはありません〉

「……なんてことだ。この戦いは泥沼化しているわけだ。この世界の人間はまったく無駄な戦いを始めたんだ。こうなったら——いずれにせよ、負けるわけにはいかないだろうな。これはもう、プライドの問題だ。われこそこの世の主人公と主張するしかないだろう。その主張を押し通すには、この世界の人間は自らの精神構造をコンピュータ化するしかない。そしてたぶん、そうなりつつあるんだ」

「おれ、主人公」

「わかった、わかった。アプロ、もういい。ラジェンドラ、こいつを射出しろ」

〈アプロを、ですか〉

「そうしたいところだが、このミサイルだ。出してやれ。アプロ、凍結を解け」

「あいよ」

一人と一匹は情報室にもどった。ラジェンドラは異星体ミサイルを射出、Ωドライブで惑星から離れる。

「ラテル」

コンソールチェアに疲れた顔で腰かけているラテルに、アプロが沈んだ声で言った。

「つまらないな」

「腹が減ったなら一人で食えよ」

「ここにいるのはもう飽きた」

「だから考えろよ、出る方法を」

「この世界は海賊鍋だよ」

「ハードがわかればな。なんとかなる。おれたちはこのハードの中を動きまわる信号、ソフトの一部だと思う。ラジェンドラ、この世界構造がわかるか？」

〈時間さえかければなんとかなりそうですが、どのくらいの時間を要するか予想できません〉

「ここがあのトロフィーの中だとしたら、ＣＤＳ攻撃で破壊できないかな——いや、無駄だろうな。おれたちは実体ではない、ソフトウェアそのものだとすれば、なんの力もおよぼせない」

〈この世界の法則に反することを強行してみますか〉

「たとえば？」

〈あの惑星を4Dブラスタで破壊するとか。それならできるでしょう〉

「それと同時に、おれたちも消滅するかもしれない。おれたちはこの世界律を乱すバグとして消去される可能性がある」

ハード面で理解するには時間がかかりすぎ、ソフト面では行動が規制されている。まったくお手上げだとラテルは思った。

「いったいだれだ、こんなトロフィーを作ったやつは」

「海賊だろう」アプロがあくびをする。「ラテルゥ、もう飽きた。海賊退治のほうがおもしろいよ」

「この世界も海賊だ。それなのに、手も足も出せない」

〈残る方法としては〉

ラテルは顔をあげる。「なにか考えついたか？」

〈わたしたちの通常世界をただよっているであろうトロフィーを、仲間に発見回収してもらって、わたしたちを壊さないように出してもらうことです〉

「フムン。チーフはきっとトロフィーを血まなこで捜しているだろうけど——まさかその中におれたちがいるなんて、考えもつかないだろう」

ラテルはすっと席を立ち、アプロに近づいた。顔を前足で洗っていたアプロは、その動きを止めて、あとずさる。

「なんだよ、ラテル」

「みんなおまえがわるい。猫鍋にする」

「猫はうまくないよ」

「食われたくなかったら、考えろ。おれたちはもしかして、もう死んだ状態なのかもしれないぜ。ここから出られなかったら、死んだも同然だ」

「うーむ、それはこまる。ここにはケーキはなさそうだしなあ」

「アプロ、おまえはおれやラジェンドラとは異質の能力がある。この世界を探ってみろよ。なにかわかるかもしれん」

ラテルはアプロの首筋をつかみ、コンソールにおいた。

「フニャ」

コンソールにおかれた大皿から肉を一片つまんで口に放り込んだアプロは、上目づかいで精神を統一した。

「フム、あまり大きな世界ではないみたいだ。鍋くらいの大きさだな。鍋の中だから、あたりまえか」

「おまえには、わかるのか」

「なんとかなるかもしれない。人間の脳に似ている」

アプロは肉をごくりとのみこんだ。

ラテルはアプロの眼が白く輝くのを見た。

「アプロ……」

「黙ってろ。おれが主人公だってことを鍋に思い知らせてやる」

〈警告。ラテル、アプロが非実体化しつつあり――〉

黒猫の姿が透明に色を変え、爆発的に情報室いっぱいに広がって、

「アプロ!」

まばたきしたラテルは、アプロがなんの変化もなく、大皿から肉片をもう一つつまむのを、呆然と見つめている。なにが生じたのかラテルにはわからなかった。

〈ラテル。ラテル〉

ラテルはラジェンドラの呼びかけに、われにかえる。

「なんだ」

〈トロフィーを発見。方位054、至近〉

「ＣＤＳ用意」ラテルは叫ぶ。

〈セットＣＤＳ。レディ〉

「ファイア」

〈ファイア〉

ヴィジスクリーンに、チーフ・バスターのトロフィーが映っている。背後には黒い宇宙が広がっていた。トロフィーはコンピュータ破壊ビームの直撃を受ける。外形には異状はなかったが、内部の構造体と信号流がラジェンドラのＣＤＳ攻撃で吹きとばされた。

「ＬＤＳ用意」

〈セットＬＤＳ。レディ〉

「ファイア」

〈ファイア〉

大出力レーザービームでトロフィーは瞬時に爆破、粉砕された。

「マイクロ４Ｄブラスタ用意」

〈セットＭ４ＤＢＳ。レディ〉

「ファイア」

〈ファイア〉

空間をただようトロフィーの残骸は、マイクロ４Ｄブラスタ攻撃を受け、原子レベルの破片もすべて時空のかなたへと飛散した。

「……ラジェンドラ、環境探査」

〈火星圏です。通常空間〉

「もどってきたらしいな。夢を見ていたようだ。……アプロ、なにをした」

「別に。ただ」とアプロはあくびをしながらこたえた。「海賊鍋の、おれたちを棄てたいという気分を増強しただけだ」

「気分、だって？」

「うん。あの鍋、もうおれたちの相手をするのに飽きたんだ。それだけのことだよ」

「なんだかよくわからないが」ラテルは真面目に言った。「アプロ、よくやった」

「それは新手の皮肉か？」

「いや。誉めたんだ」

「人間はだから理解できないよ」

「ラジェンドラ、帰ろう」

〈ラジャー〉

「——あの世界はどうなったかな。鍋と一緒に破壊されたのか」

「あれは、鍋の中のおれたちが幻だったように、幻だったと思うな。もし実体があるとすれば、どこか別のところにあるんだ。あの鍋はそれを映す鏡のようなものだったんだ。——

──ラテル」

「うん？」

「鍋、どうする？　4Dブラスタで吹きとばしたなんてチーフに知れたらさ、減給ではすまないかも」

「……ラジェンドラ、あのトロフィーのコピーを造ろう」

〈そして世は事もなし、ですね〉

「そういうことだ」

ラテルはアプロと顔を見合わせて、笑った。

一人と一匹と一艦は、おそるおそる火星ダイモス基地に帰った。

パーティはもう終わっていた。ラテルとアプロはチーフ・バスターのオフィスをのぞいた。バスターは二人を上機嫌で迎えた。

「二人とも、よくやった。あのトロフィーはやはり偽物だったようだな」

「そう、そうです」とラテル。

「疑いぶかいんだから」とアプロ。「ったく」

ラテルはアプロを足で小突き、ラジェンドラに造らせたコピートロフィーを背後に隠して、うなずいた。

「危うい目にあいましたよ、チーフ」

「ご苦労だった。これが」とチーフ・バスターはデスクの上のトロフィーを目でさした。

「本物だ。忘れてゆくなんて、と言って記者クラブの人間が届けてくれたんだ。本物を破壊しなかったのは海賊のミスだな。もっとも、本物を発見するころは、わたしらを消すことができていると思ったのかもしれん」

「それも爆弾かもしれない」

アプロは本物のトロフィーを両手でかかえて、廊下に出る。ラテルはあとずさりしてチーフのオフィスを出て、アプロを追った。

「見ろよ、ラテル」

アプロはラジェンドラの造ったコピーと本物を並べて、そっくりだと言った。

「ラジェンドラにも特技があるんだな」

「アプロ、今度のトロフィーには異状はないな？」

「ない。返してこいよ。こっちが本物だ」

「わかった」

そのあと、一人と一匹と一個は、そのトロフィーで焼肉パーティを開いた。

「うまい」とアプロは言った。「絶対、コピー鍋で焼くよりうまいぜ」

ラテルは思わず肉をのどにつまらせ、胸をたたいた。

「アプロ！」

チーフ・バスターはその後、インタビューを受けるときにはその背後にマースコム賞トロフィーをさりげなく置くのを忘れない。インタビューは直接記者たちがチーフ・バスターのオフィスに来るのではなく、双方向性の映話システムによって行なわれるが、市民たちはスクリーンに映るそのトロフィーが実はコピーであることを知らない。

本物は海賊課所属の対コンピュータ・フリゲート・タイプⅢ＝ラジェンドラの戦闘情報司令室の正面壁に、少し焼肉の焦げ跡をつけて、誇らしげに掛けてある。ありがとう。

等身大の「敵海」世界

神林長平

長篇版の「敵は海賊」シリーズは、どれも、執筆時における自分の作家的興味を自由に試してみるという動機で書かれていて、ぼくの気持ちとしては最新鋭の試作品という意味合いが強い。いま自分がいちばん関心を抱いているのはなんなのかを書きながら確認したり、実験的小説構造を試みたりしている。そのような目論見でもって取り掛かる作品は、普通なら、途中で挫折し、破綻し、完成にまで至らないものなのだが、このシリーズだけは、違う。アプロが、最後まで書かせてくれるのだ。アプロさえ魅力的に書かれていれば大丈夫だ、と。長篇版の各作品は、ようするに、とても力が入っている。

それに対して、本書に収録した短篇版のほうは、軽やかだ。書くことの苦しさ辛さは同じだが、長篇版のように、自分の作家としての力量を疑って呻吟する、というようなことはなかった。ストレートに、一気呵成に書かれている。自分の力を信じ、ただ登場人物の動きを追っていくだけだった。

長篇版のほうは、「試作品を完成品として世に出す」のだから、そこにある種の注意書き、「この作品には保証はついてません」的なレッテルを、ぼく自身が気持ちの上で必要とし、実際そのような体裁を取っているのだが、短篇のほうは、そうではなくて、ごく普通の小説として書かれている、ということである。

長篇版では作家として背伸びをして書いているのだが、短篇版のほうは、等身大の自分をそのまま出している、と言ってもいい。

この感じは、登場人物たちの描写にも直に現れているだろう。

アプロや匈冥といったキャラクタは、長篇版では、もはや生物の域を越えようかという勢いだが、短篇に登場する彼らは、それに比べればずっとリアルだ。人間としてのなまなましさを感じさせる。ま、アプロはアプロだが、それにしたって等身大だろう。ラジェンドラが短篇作品で登場しないのは、ぼく自身、彼というかその「一艦」というか「それ」というか、好きなので、ちょっと残念なのだが、でも「等身大のラジェンドラ」というのは、いまのところぼくの手には負えそうになくて、「それ」だけはまだ長篇で、と考えている。

短篇版の等身大のキャラたちに親しみを感じていただければ、作者として、とても嬉しい。

二〇〇九年八月　　　安曇野にて

初出一覧

「敵は海賊」ＳＦマガジン一九八一年四月号／ハヤカワ文庫ＪＡ『狐と踊れ』収録
「わが名はジュティ、文句あるか」ＳＦマガジン一九九九年九月臨時増刊号
「匋冥の神」書き下ろし
「被書空間」ＳＦマガジン一九八四年十一月号／早川書房『戦闘妖精・雪風解析マニュアル』収録

著者略歴　1953年生，長岡工業高等専門学校卒，作家　著書『戦闘妖精・雪風〈改〉』『魂の駆動体』『敵は海賊・正義の眼』（以上早川書房刊）他多数

HM=Hayakawa Mystery
SF=Science Fiction
JA=Japanese Author
NV=Novel
NF=Nonfiction
FT=Fantasy

敵《てき》は海賊《かいぞく》・短篇版《たんぺんばん》

〈JA963〉

二〇〇九年八月　二十　日　印刷　（定価はカバーに表示してあります）
二〇〇九年八月二十五日　発行

著　者　神《かん》林《ばやし》長《ちょう》平《へい》
発行者　早川　浩
印刷者　伊東治彦
発行所　株式会社　早川書房

郵便番号　一〇一 - 〇〇四六
東京都千代田区神田多町二ノ二
電話　〇三 - 三二五二 - 三一一一（大代表）
振替　〇〇一六〇 - 三 - 四七七九九
http://www.hayakawa-online.co.jp

印刷・信毎書籍印刷株式会社　製本・株式会社川島製本所

ISBN978-4-15-030963-3 C0193

＊本書は活字が大きく読みやすい〈トールサイズ〉です